目次

文春文庫

キリエのうた

岩井俊二

文藝春秋

キリエのうた

名前のない街

彼女は立ち止まると、手にしたギターケースを路上に置いた。

そのギターケースは年季物で、黒いボディは色褪せ、金具は錆《さ》びていた。留め金《ラッチ》を外して蓋を開けると中から艶《つや》やかなギターが姿を現す。縦に二つ溝穴の空いたギターヘッドはクラシックギターの特徴だ。彼女は手を差し延べ、ギターをケースから取り出す。眠っている子供を抱き上げるようにして。

彼女にとってそれは、かけがえのない音楽《うた》の相棒。旅の伴侶だ。

ギターケースの底にはスケッチブックが一冊。それを出して開いて、道の上に三角に立てると、小さな看板が出来上がる。そこには手書きで大きくこう書かれている。

〝KYRIE〟

読み方は〝キリエ〟。彼女のアーティスト名だ。

この日のキリエは、黒のワンピースにグレーのパーカという出で立ちである。キャリーバッグを横に倒し、それを椅子代わりに。黒く長い髪をそのままに、ペグを回してギターのチューニングを始める。チューナーがあれば便利だが、生憎《あいにく》彼女は持っていない。音叉《おんさ》もない。絶対音感があるわけでもない。なんとなく適当に合わせているらしい。自分の声とギターの音色で。

五月十日、午後4時。甲州街道沿いの新宿駅南口。

そこはストリートミュージシャンが数多く集う路上ライブの聖地だ。新宿南警察署が『路上ライブ禁止』という看板を掲げているのだが。警官が来たら撤退し、また場所を変えるというスタンスでミュージシャンたちは活動を続けている。その日も女性ボーカルの澄んだ歌声が駅前に響き渡る。YouTubeでも人気の常連さんだ。

キリエが選んだ場所は、その対岸の、帰宅者の動線からも程遠い、控えめなスポットであった。彼女にはマイクもアンプもスピーカーもない。生声とギターで弾き語る。一曲目の定番は『幻影』という曲だ。

夢を追いかけて　たどり着いた島

仲間を求めて　声を嗄らし
血を吐きながら求めるだけの世界
与《あたえ》し神は
死んだも同然
夢に追われて
逃げさすらう鳥

イントロからAメロを爪弾《つまび》いている時は、街の騒音にかき消され、至近距離でも聴こえないほどだが、声高らかに歌い上げるサビのパートに入ると、その張りのある声は通りの反対側にさえ届く。

飛べない翼で
はばたき続けて
夢を追うふりして
息もできずに

近くにいた歩行者はまずその声量に驚いて振り返る。立ち止まり、彼女の声に耳を傾ける人も現れる。間奏や歌の終わりになると、ギターケースに投げ銭をしてくれる人もいる。その度に、キリエは頭を下げる。ありがとうございます。唇がそう動くのが見て取れる。その声は、投げ銭をした人の耳にも届かない小さな声だ。

四〇分ほどのステージで約十曲。終わる頃にはその日のご飯が食べられるくらいの投げ銭がギターケースの中に入っていたり、いなかったり。たまに奇特な人が奮発してくれることもある。感動したと言って涙ぐむお客さんもいる。

演奏が終わっても、彼女はその場に居座り続ける。ノートを取り出して、何か書き物を始めたりもする。そういう時は詞を書いているか、日記を書いているか。人目も気にせず、まるでそこが自分の部屋でもあるかのように、そこに居るのである。

午後7時。雨がポツリ、ポツリと降ってくる。

キリエはギターケースとキャリーバッグを引きずって、高架下に移動する。そこには家のない人たちが軒を並べている。死んだように眠っている老人もいれば、読書に夢中になっている中年男の姿もある。道行く人達には、彼らが見えていないかのようである。誰もが見て見ぬふりで、足早にこの場所を通り過ぎてゆく。キリエはそんなホームレスたちの末席に陣取り、コンビニで買った弁当を頂く。食後はまたギターを出して、爪弾く。そして小声で歌いながら、しきりにメモを取る。そういう時は新しい曲を作っている。

深夜11時。雨が小降りになると、再び南口の歩道に移動し、濡れない場所を探してそこに小さなステージを作るが、演奏はせず、ギターの上に頬杖をついて、通り過ぎる人たちを目で追いながら、ぼんやり時を過ごす。そんなキリエの前で立ち止まるお客がひとりでも現れると、キリエは突如、その人のために演奏を開始するのである。たった一人でも、誰かが彼女の前に立ち止まれば、彼女は何か歌ってくれる。夜のライブはいつもそんな具合だ。

ひとりの女性がキリエの前に立ち止まった。ゴスロリのような出で立ちである。水色の長い髪の毛はウィッグだろう。夜中なのにサングラスをしている。

「なんか歌って」

アニメのような声だった。キリエは『名前のない街』という曲を歌った。

聞きたくないや　雑音ばっか
とどめをさしてる
泣きたくないや　声も出ないや
答えはないの

冒頭からシャウトするその声に、ゴスロリの女性は一瞬驚いた様子だったが、その後は身体を揺らしながら聴いていた。酔っているらしく、時々、転びそうになっている。

意味ないことはないはずだ
夜の隙間に恋をして
知らない世界知りたいの
輝く色は何の色

歌が終わると、彼女はひとしきり拍手をして、投げ銭をギターケースに投じた。キリエは驚いた。一万円札だった。

キリエは申し訳なさげに、深々と頭を下げた。そして次の曲を歌い始める。歌い終わると、女性は威勢のいい拍手と共に、またしても一万円札を投げ入れてくれた。そしてまた次の曲も。

彼女が呼び水になって足を止めてくれる通りすがりの人も増え、気がつくと二〇人ぐらいのギャラリーがキリエを取り囲んでいる。女性が投げ銭をすると、釣られて他の客も投げ銭をしてくれた。一万円札を投じるような人は、彼女以外にはいなかったが、何人かは千円札を入れてくれた。その夜はかつてない実入りとなった。

演奏を終えると、女性はキリエに声をかけて来た。

「おなかすいてない？　ご飯でもどう？　近くに美味しい台湾料理のお店があるんだけど。奢《おご》るよ？」

あれだけ投げ銭を頂いた上に奢ってもらうなんてさすがに申し訳ない。そんな心の内を説明する暇もなく、女性はキリエのキャリーバッグを持ち、危なっかしい足取りで歩き出した。キリエはギターケースを抱えて、その後を追った。

路地裏の古びた小さな台湾料理店には、客の姿はなく、店主が煙草を吸いながら新聞を読んでいた。時計は深夜0時を過ぎている。

「ここはこんな調子で、朝までやってるのよ。適当に注文しちゃっていい？」

キリエは黙って頷く。

女性はメニューを眺めながら、店主に「なんか美味しいの適当に持ってきて」と言う。注文を取りに来た店主は途中で踵《きびす》を返し、厨房に入ってゆく。

「あたしはイッコ。あなた、お名前は？」

キリエはおずおずと名刺を差し出す。手書きの名刺である。

アルファベットで〝Ｋｙｒｉｅ〟と書いてある。肩書はシンガーソングライターとある。

「なんて読むの、これ」

「（キリエです）」

　キリエの話す声は声になっていない。ひそひそ声というか、ほとんど息だけで話す。

「キリエって読むの？」

「（はい）」

「シンガーソングライター！　歌も作るのね。さっき歌ってた曲も自分で作ったの？」

「（はい）」

「全部？」

「（はい）」

「そう。すごいわね。生まれは？　東京？」

「（石巻です）」

　キリエは単語帳を取り出して、広げて見せた。そこには〝石巻〟と書かれている。次のページをめくると〝宮城県〟という単語が出てくる。よく聞かれる質問は、あらかじめ単語帳にその答えがストックされているようである。

「あなた、声どうしたの？」

「（声が出ないです）」

「風邪？」

「（違います。ずっとです）」

「歌ってたじゃない。歌は歌えるのに？」

キリエは気まずそうに頷く。単語帳をめくり、それを見せながら同じ言葉を繰り返す。

「（歌しか歌えません）」

「そうなんだ。大変ね。お家《うち》は？　どこに住んでるの？」

「（家はありません）」

「あら、ネットカフェとか？」

「（はい）」

「じゃ、今夜はウチに泊まる？」

「（いえ　だいじょぶです）」

「いいじゃない？　厭《いや》？」

「（知らない方に……申し訳ないです）」

「もう知り合いじゃない」

「（会ったばかりですし）」

「いいじゃない。だって、あんなにいい歌聴かせて貰ったんだもん。このくらいじゃ恩返しにもならないから。歌ってそういうものよ。いっぱいの人をいっぱい感動させるものでしょ？　人の人生変えたりするものでしょ？」

折しも店内には井上陽水の『帰れない二人』が流れていて、彼女の音楽論が妙に説得力を持って聞こえるのだった。

イッコさんのペースに巻き込まれて、キリエは彼女の自宅に一泊することになった。その場所は店から歩いて十分ほどのお洒落な二階建ての家だった。室内は人が住んでるとは思えない、デザイナーの事務所のようなインテリアだった。

イッコさんはかなりの酩酊状態で、キリエを二階に案内しながら、階段を昇る足元も覚束ない。

「ソファでも、ベッドでも好きなところで寝ていいわよ」

キリエはひとまず大きなソファに腰を下ろした。どうしたものかと困惑した。こんな立派なソファで寝れる気がしない。床で充分なのだが。イッコさんは着替えて来ると言って寝室に入っていったまま、なかなか出てこない。ドアが半開きになっていたので覗いてみると、無造作にベッドに寝転がったままピクリとも動かない。化粧も落とさず、眠ってしまったようだ。

「(…イッコさん)」

声をかけてみたが反応もない。こちらに背中を向けて顔は見えなかったが、手を伸ばして目元に触れると、案の定、サングラスも掛けたままだ。そのままにしておいては危なっかしい。キリエはそっと外して、傍《かたわ》らのテーブルに置いた。

時計を見ると午前2時を過ぎている。

吹き抜けから一階のリビングが見える。その真ん中に、ソファではなく、キングサイズのベッドがあった。好きなところで寝ていいとは言われたが、さすがにそのベッドは恐れ多い。キリエは二階の部屋の片隅にある、これまた大きすぎるソファの隅っこに横になってみた。なんという寝心地の良さ。あまりの寝心地の良さに、キリエは麻酔でも打たれたかのように、瞬く間に眠りに落ちてしまった。

夢はいつも記憶に残らない。懐かしいような、恐ろしいような、そんな余韻だけが残る。そんな時、キリエは夢を見ながら、うなされて大声を上げてしまう事があった。その日もそうだった。そんなキリエをイッコさんが肩を揺すって起こしてくれた。既に夜は明け、朝陽が部屋の中を満たしていた。

「大丈夫？　うなされてたよ」

化粧をすっかり落としたイッコさんの顔が目の前にあった。その顔にキリエは見覚えがあった。本人？　他人の空似？　だが次にイッコさんが言った一言が決定打となった。

「おはよ。ルカ」

イッコさんはキリエを〝ルカ〟と呼んだ。それはキリエの本名だった。

「(…マオリさん？)」

「久しぶり！　朝ごはん食べようか」

そう言って彼女は、キリエの腕を引っぱって、ダイニングに連れて行った。

「全然気づかなかった？　あたしはすぐにわかったよ」

あんな格好をされては気づくはずもなかった。彼女は広澤真緒里《ひろさわまおり》。キリエが通っていた帯広の高校のひとつ上の先輩だった。昨夜は雰囲気も人格もまるで別人だったが、素顔の彼女は確かに高校時代の広澤真緒里そのものだった。

いろいろ訊ねたい思いはあったが、それより先に彼女がこんな質問を切り出した。

「ね、マネージャーさんっているの？」

「(いません)」

「事務所とか入ってないの？」

「(はい)」

「じゃあ、あたしがマネージャーやってあげようか」

「(え？)」

「厭？」

「(厭というか……マネージャーって何をする仕事ですか？)」

「あなたがもっと売れるように、プロモーションするのよ」

「(……はあ)」

「レコード会社に売り込むのよ」

世に事務所やマネージャーというものがあるということぐらいは知っているが、それ以上具体的なところはキリエには今ひとつイメージできない。

「どう？」

「（ああ、はい）」

「厭？」

「（厭じゃないですけど。なんか申し訳ないというか……自分なんかのために）」

「あたしが自分の時間をどう使おうがいいじゃない。でしょ？」

「（はあ）」

「飽きたらいなくなるから。飽きるまでやらせて」

「（あ、はい）」

こうして口約束ではあったが、二人の間にマネージメント契約が成立した。

「何か必要なものはない？」

「（必要なもの？）」

「生活用品とか。楽器とか」

「（ああ、そうですね）」

「なんでも言って。そういうことをしてあげるのがあたしの仕事なんだから。させてくれないと、あたしマネージャーのお仕事ができなくなるから」

「（そうですね。何かあるかなあ）」

「あ、洋服！　なんか素敵なの探してあげる。あたしの服でも合うかな？」

彼女は散らかり放題の衣装部屋にキリエを連れてゆく。そしてキリエに合いそうな服を探すのだが、どれもこれも、ゴスロリだったり、コスプレだったり、アイドルの衣装のようだったりである。

「なんか買いに行こうか。あと、マイクとか必要なんじゃない？　普通みんなマイク立ててやってるじゃない？　あなた、どうしてマイク使わないの？」

「(いや、持ってないです)」

「じゃ、買おうか」

「(あの、大学はどうしたんですか？)」

そこでキリエはやっとひとつ質問ができた。真緒里は順調に行っていればちょうど大学を卒業したばかりで、どこかに就職でもしているはずだった。そんな新卒一年生が、こんな豪華な部屋に住めるものだろうか。

「え？　大学？」彼女の顔が少し曇る。「結局行かなかった」

ソファの傍らにキリエのギターケースを見つけると、歩み寄り、ケースの曲線をなぞるように撫でた。

「これ、使ってくれてたんだね」

「(あ、そのお礼をまだ言ってませんでした)」

キリエは両膝をつき、まるで祈るように両手を合わせてお礼を言った。

「(ありがとうございます。大切に使ってます)」

彼女は、再び顔を曇らせた。

「ママがね、男に逃げられちゃったの。私の学費も生活費も、みんなその男が出してくれるって約束だったから。全部ナシ。ママには帰って来いって言われたけど。それだけは絶対に厭だと思って」

そして不意に笑顔を作り、こう言った。

「あとね、あたしのこと、イッコって呼んで。今は一条逸子《いちじょういつこ》、で、イッコさん。マオリって名前はもう捨てたの。広澤真緒里はもうこの世にいないの」

「(はい。私も今はキリエです)」

イッコさんにとっては過去との決別を表明したつもりだったが、キリエはそこには気づきもせず、お互い新しい名前に変えた偶然を喜んでいるように見えた。そんなキリエの邪気のない笑顔にイッコさんにも笑顔が戻る。

「そっか。そうだね」

「(私も高校、中退しました)」

「え？　そうなの？　なんで？」

「(いろいろあって)」

なるほど、邪気のない笑顔の裏には、彼女なりの辛い過去があったに違いない、とイッコさんは悟る。家もなく、東京を彷徨《さまよ》いながら、路上で歌を歌っているのだ。キリエの過酷な生い立ちも多少は知っているイッコさんであった。

ともあれ、奇しくもかつての友人は、互いにその名を変えていたというわけである。ルカはキリエに。マオリはイッコに。

その日の午後、二人は買い物に出かけた。

原宿の店を転々と回り、イッコさんが言うところの〝ステージ衣装〟を探し歩いた。好きなのを選んでみろと言われると、キリエはつい黒や紺や暗い色を選んでしまう。

「明るい色は厭なの？　もうちょっとカラフルでもいい気がするけど」

「(そうですね)」

「なんか喪服みたいよ」

「(すいません)」

「謝らなくていいけど。喪服ねぇ。喪服をコンセプトにするのも面白いけどね」

無意識に自分が向き合っているものを、イッコさんに見透かされたような気がして、キリエは戸惑った。

「青とか似合いそうよ。普通にジーンズとTシャツとか着ないの？　ストリートミュージシャンって言ったらジーンズにTシャツじゃない？　まあでも、あえてそっちいかない方がいいか」

あちこち探し歩いて、最後は青のワンピースに決まった。イッコさんは敢えて同じものを二枚購入した。

「衣装はずっと同じヤツで通した方がいいと思う。トレードマーク？　あ、また、あの子が歌ってるって、遠くからでもわかるじゃない？」

確かにそうかも知れない、とキリエは思う。

衣装といえば、イッコさんのファッションは毎日変幻自在だった。同じ人とは思えないぐらいに。真っ赤なウィッグで女子事務員のような格好をしていたり、グリーンのウィッグで作業着のようなツナギを着ている日もあった。この日のイッコさんのウィッグはピンクのボブだった。

原宿の店巡りが終わると、二人は渋谷に行って、楽器専門店でマイクとアンプを手に入れた。まるで知識のない二人は、店員のお勧めに従うしかなかった。路上ミュージシャンが使う定番のダイナミックマイクと、充電式のかわいいデザインのアンプを購入。アンプは小ぶりだが路上で使ってもかなりの音量が出るという。弾き語り用にマイクスタンドも買った。

翌日の午後5時、二人の姿は新宿駅南口にあった。あの夜、二人が再会したあの場所で二人はライブの準備をしていた。キリエは買いたての、青のワンピースに着替える。路上で。通行人の視線に晒《さら》されながら。

「みんな見てるよ」

イッコさんにからかわれて、キリエは恥ずかしくて顔が真っ赤になる。だが、これもイッコさんの考えた演出だった。

「多少はあざとくていいのよ。東京なんてね」

とイッコさん。

購入したマイクとアンプをこの日初めて路上で試した。

今まで素の声で歌っていたキリエにとって、その音響空間はまるで別世界だった。マイク越しとなれば、カラオケのようなものかと思いきや、想像以上に凄まじい。その歌声が街じゅうに響き渡るのだ。その距離感、そのスケール感に戸惑う。自分の曲が極めて私的な心の声だったことに改めて気づき、恥ずかしくもなる。だが、そんな違和感も束の間のことで、すぐに馴染んでくる。ひとたび馴染むと、それはそれは素晴らしい。聴衆にちゃんと届く実感がある。何か世に訴えかけているような気にもなってくる。曲数を重ねるほど気持ちも乗って来た。足を止めて聴いてくれる人の数も激増した。イッコさんも満足げである。いいライブが出来た。キリエ自身、素直にそう思えた。

その後もイッコさんは様々アドバイスをくれたり、他のストリートミュージシャンのやってることを調べて応用したりと、いろいろ知恵を絞ってくれるのだった。オリジナルだけだと、どうしても素通りしてしまう人も多いに違いないということで、客寄せのためにカバー曲を歌うべきだとイッコさんは提案してくれた。できれば誰でも知ってる曲が望ましいと。イッコさんはセットリストを作ってくれた。いきものがかりの『ありがとう』、あいみょんの『マリーゴールド』、ａｉｋｏの『カブトムシ』などなど。

「(なんか…カラオケ歌ってるみたいな)」

「カラオケ？　まさか。あなたが歌うと全然違うから。心配しなくて大丈夫」

半信半疑な顔をしていると、イッコさんが真顔でこう言った。

「あたしを信じなさい。お互いの信頼関係が大事よ。アーティストとマネージャーは」

イッコさんの言うとおりだ。ひとまずイッコさんを信じてやってみよう。キリエは覚悟を決めた。

人出の多い週末の新宿駅南口前。そこでキリエはイッコさんのセットリストに沿って有名なカバー曲を次々歌った。

夢ならばどれほどよかったでしょう
未だにあなたのことを夢にみる

忘れた物を取りに帰るように
古びた思い出の埃を払う

（米津玄師『Lemon』）

声も顔も不器用なとこも
全部全部　嫌いじゃないの
ドライフラワーみたい
君との日々もきっときっときっときっと
色褪せる

（優里『ドライフラワー』）

麦わらの帽子の君が　揺れたマリーゴールドに似てる
あれは空がまだ青い夏のこと　懐かしいと笑えたあの日の恋

（あいみょん『マリーゴールド』）

思いがけず多くの通行人が足を止め、百人を超える聴衆が歩道に溢《あふ》れ、多くの人がスマホでキリエを撮影した。遂には警察がやって来て、二人は逃げるように撤収するのだった。

かくして二人の路上の旅が始まった。

メインスポットは新宿駅前界隈だったが、他の街にも繰り出した。川崎、溝の口、立川、海老名、幕張、柏、大宮、高崎、などなど。電車で巡っては、駅前や繁華街にステージを構えた。やる度にギャラリーも少しずつ増えてくる。ネットでもバズっているとイッコさんは大喜びだ。キリエも身体の底から湧き上がってくるマグマのようなものに抗《あらが》えなかった。その見えない力に愛しさを覚えた。

次々新しい景色を見せてくれるイッコさんには感謝しかなかったが、イッコさん自身が楽しそうにしてくれているのがキリエには何より嬉しかった。見かけは別人のようだが、キリエの中でイッコさんはずっと変わらず真緒里なのであった。

マオリこと、広澤真緒里は物心ついた頃から母と祖母と三人で暮らしていた。父親の顔は憶えていない。

母は楠美《くすみ》といい、祖母は明美という。駅前に『なおみ』というスナックを持っているが、この名は真緒里のひいおばあちゃんの名前であった。

真緒里が高校三年の夏であった。母の楠美にボーイフレンドが出来た。店の常連である。横井啓治《けいじ》という人物で、農家の四代目で、牧場も経営している。女房に先立たれ、二人の男の子は高齢の母親がずっと面倒見ていたという。楠美は内縁の妻のような立場でその子たちの世話をするようになった。

週五日はあちらの家で暮らし、週末だけこちらの家に帰ってくる。そんな生活に祖母の明美は寛容だった。むしろいい旦那を手に入れたと大喜びである。

そんな明美の態度も、我が家と彼氏の家との二重生活をこなす母も、真緒里には耐えられなかった。しかしいつかはその店を継ぎ、そういう生き方に慣れてゆくのだろうと観念している自分もいた。

高校を卒業したら店の手伝いをさせようというのが母の予《かね》てからの目論見《もくろみ》だったが、かたや真緒里は駅ビルのソフトクリーム店のバイトを卒業後も辞めずに続ける気であった。『なおみ』の跡目を継ぐ前に、ソフトクリーム店で四年間働きたい。大学に進学できない代わりにせめて。それが真緒里の儚《はかな》い願いであった。

人生の転機は、しかし意外にも、横井から齎《もたら》されることとなった。真緒里の将来について、横井は、大学ぐらい行かせてやれ、学費なんて俺が何とかすると言い出した。広大な農地を持つ横井は大金持ちである。真緒里を大学に行かせるなど、わけもなかったのである。こんな機会はきっと生涯訪れないだろうが、横井の世話になるなんて虫酸《むしず》が走るほど耐えられなかった。

十月の終わりのある日の午後、真緒里の許《もと》に、一人の来訪者があった。若い男で、潮《しお》見《み》と名乗った。家庭教師だという。

「ウチの社長に頼まれて。横井っていう」

「横井？」

「横井牧場っていうとこの社長で」

「……知りません」

真緒里は白《しら》を切る。

「え？　なんか、君が、大学を受験するからって」

「え？　…受験なんかしませんけど」

「え？　教えてやってくれって…そう言われたんですけど」

「おうち間違えてません？　ウチじゃないです」

「いや、でも真緒里さんですよね？」

「いや…あ…ちがいます。ちがいます。失礼します」

困惑する潮見を真緒里は半ば強引に追い返した。そんな孫に祖母も呆れ顔であった。

「大学行ったらいいしょ」

「いや」

「あんたもバカだねえ」

「なんで？」

「女は貢いでもらってるうちが花なんだよ」

この家は全てがそういう価値観であった。家庭教師を追い返したと明美から聞いた楠美は、こう言って娘を諭した。

「どうせ結婚したら、あの人の財産はあたしらのもんになるんだから一緒っしょ」

更に楠美は娘の想いなどまるで意に介さぬまま、さっさと高校に進路変更を申し出てしまったのであった。

ある日の午後、真緒里は担任の小笠原から進路指導室に呼び出された。

「まあ、座れ。お母さんから連絡があったよ。進学したいんだって？」

「あ…いや、しませんけど」

「え？　そうなの？」

「母の早とちりで。すいません」

「えー、でもお母さんは受験して欲しいんじゃないのか？」

「私はしたくないですけど」

「どうして？」

「…今更言われても手遅れですし」

「今から頑張ればなんとかなるかも知れないぞ。一応、これ…」

小笠原は大学及び専門学校のパンフレットを真緒里に手渡した。

「ああもう、なんでこうなるんですか」

「なんか不機嫌だな。一応なんとかなりそうなところ選んどいたよ。はい、これ帯広、札幌、函館、旭川…」

小笠原がこちらの想いも汲み取らず、次から次へとパンフレットを手渡すので、真緒里にはこの担任教師がもはや、進学斡旋《あっせん》業者にしか見えなくなる。

「もういっそ家出とかしちゃっていいですか？　あー、せっかくなら東京の大学とかないですか？」

であった。

「東京？　東京ね」

小笠原はおもむろに立ち上がった。

「いや、別に探さなくていいですよ」

まるで真緒里の声が聞こえていないかのように、小笠原は指導室の棚を漁《あさ》り始めるのであった。

帰りのバスの中で、パンフレットを眺めながら、真緒里の中で閃《ひらめ》くものがあった。ひょっとしたら、これって、この町から脱出できる千載一遇のチャンスなのでは？

そう思うと、いても立ってもいられなくなる。出たい、出たい。どうせ出るなら東京へ。だが、受験まであと四ヶ月もなかった。どこを受けるにしても学力が足りない。今の今まで何の準備もして来なかったのだ。間に合うはずがない。真緒里は、もう一度潮見に来てもらうよう、母に頭を下げた。そしてこれから四年は勤めるつもりだったソフトクリーム店のアルバイトも辞めてしまったのであった。こうと決めたら躊躇《ちゅうちょ》なく実行に移す習性は母親譲り、祖母譲りだ。そこは真緒里自身認めるところである。ただ自分は、それを男には使わない。そこが決定的な違いなのだと真緒里は考えている。

潮見夏彦《なつひこ》は、横井の経営する牧場の従業員で、十勝畜産大学を卒業したという。生まれは宮城県仙台市。小学と中学時代は石巻で暮らしていたという。

真緒里にとって優秀な教師とは、黒板の前でおもしろおかしく授業をしてくれるような人である。ところが夏彦は、いきなり問題集を開いて、これを解け、と真緒里に言う。

うわ、めちゃ手抜き。真緒里は咄嗟《とっさ》にそう思った。

「まずはちゃんと教えて下さい。そこからやらないとわからないです」

と訴えると、

「そこからやってる時間なんてないでしょ?」

と反論される。それもそうなのだが。夏彦は更に思いがけないことを言い出す。

「自力でやれとは言わないよ。調べていいから。ウィキペディアでも何でも。スマホもパソコンも使い放題使っていい」

「そんなメチャクチャな。受験の時にそんなもの使えませんよ」

「そんなの当たり前だろ。今は兎に角できるだけ効率よく覚えないと。時間がないんだから」

「……はい」

「新しく覚えたことは、僕に説明して。先生が生徒に教えるみたいに、僕に教えてよ。例えば、微分って単語が出てくる。微分って知ってる?」

「はい」

「じゃあ、教えて。どういう意味?」

「そこまではわかりません。授業でもさっぱり理解できませんでした」

「じゃ。そこ調べて教えて」

「え？　ウィキ使ってですか？」

「そうそう」

真緒里はウィキペディアを検索する。授業で習った内容より更に難しそうなことが書いてある。

「いや、無理ですねこれ」

「読んでみて」

「数学における実変数……はこすう……函館の函……はこすうですか？」

「かんすうだね」

「函数《かんすう》の微分係数……微分商または導……関数は、別の量……独立変数に依存して……決まる、ある量……関数の値あるいは従属……変数……の変化の……感度を測るものであり、これらを求めることを微分するという。……ちょっとこれ、全然わかりませんけど」

「ウィキペディア先生は難しいか。でも、先生はたくさんいるから挫《くじ》けずに。グーグル先生はなんて言ってる？」

「グーグル先生……変数の微小な変化に対応する、関数の変化の割合の極限イコール微分係数を求めること。その関数の変化量……」

「おお、少しわかりやすくなって来たね」

「うーん。ウィキよりは短いですけど。チンプンカンプン……あ、他にもいろいろ出てきました。微分とはズバリ、ある関数の各点における傾き……なるほど。微分とは、結論から言うと『瞬間の変化率』のことであり、『ある関数のある地点における接線の傾き』のこと……グラフで説明してますね。ああ、なるほど、曲線のグラフの傾きが今どれくらい？　ってことですかね」

「おお、すごいな。だいぶわかってきたぞ」

「なるほど」

「あんまり難しい難しいって思わないことだ。全国の高校生に教えようって内容だ。難しいわけがないんだよ。苦手な科目は何？」

「いや、ほとんど全部ですけど」

「全部苦手？」

「音楽と体育と美術はセーフでしたが。あと国語はどうにか。苦手といえば英語は壊滅的ですね。隅から隅までわからない感じです」

「え？　そうなの？　This is a pen はわかる？」

「バカにしてます？」

「隅から隅って言うからさ」

「そこまでではないですよ。一応高校には合格したわけですから」

「隅から隅ってのは君が言ったんだよ」

「言い過ぎました」

「英語は簡単だ。まずは問題を写メって、アプリ使ってテキストに変換するんだ。そしてグーグル翻訳にかける」

彼はその工程を実演してみせる。

「それじゃあ勉強にならないですよね」

「こんな長文を単語ひとつずつ調べて行ったら一日無駄にするだろ。まずは全文訳して、横に置いとけば調べる手間がない。設問に出てくる英文も英単語も全部スマホで翻訳だ。それでまずは全部翻訳した上で解答を考える。簡単だろ？」

「簡単ですけど、だってそれ、英語じゃなくて、もはや国語になってません？」

「国語なら解けるだろ？」

「いや、そんなの役に立たない気がします」

「いや、ここからが本番だ。全部解けたら、その問題を頭から声に出して読む。例文も設問も全部。設問の日本語も一緒に音読だ。発音は下手でもいいから。内容は既にわかってるわけだから、今読んでるところが、だいたいどんな内容かはイメージできるだろう。頭から最後まで、続けて三回読む。そしたら今度は、翻訳を見ずに、問題を解いてみる」

「もう答えはわかってますよ」

「それを覚えてるならそれでいいから書く。全部解き終わったら、また全文を三回読む。そしてまた解く。そしてまた三回読んで解く。ひとつの問題につき、三回のローテーション。そこまで行ったら、どんな問題だったか教えてくれ。どんな単語がわからなかったかも教えてくれ。この最後の教えるってのが大事なんだな。つまり我々がこれからやろうとしているのは、学校教育への挑戦だ」

「え？」

「普通の学校なら、まず授業がある。まずは教師が生徒に教えて、そして試験だ。試験は理解してるかどうかを確認するのが目的だ。受験だって同じだ。どこまで理解してるのかを調査するために実施するものだ。我々はこの逆を行く。まずは問題から入る。問題を調査し、分析し、理解する。その結果を授業する。君が先生。俺は生徒だ」

「あの、ひとついいですか？　学校教育への挑戦まではしなくていいです。私をどこかの大学に合格させてさえ頂ければ」

「今から君を合格させること自体が学校教育への大いなる挑戦なんだけど」

「それは確かに！　なるほど……なんか自分がちょっと偉大な存在に思えて来ました」

「おお、その調子。自信を持つのは大事大事」

夏彦は真緒里の机の上の単語帳を手に取ると、一枚ずつめくる。そこには真緒里の手書きで英単語が、裏には日本語でその意味が書かれている。単語は几帳面にＡＢＣ順に並べるつもりか、acquaintanceの先はまだ手つかずのようだ。Ｚに辿り着くには程遠い。

「潮見さんは、その方法で十勝畜産大に合格したんですか？」

「いや、俺は普通に受験勉強したからさ。しかも一浪までしたし」

「これはどっからきたやり方ですか？」

「来る途中で考えたんだよ」

「えー？　そんないい加減な」

「ただ、根拠はいろいろある。自分なりに失敗したこともあるしね。たとえば、こういう単語帳ね。これはいつから始めたの？」

「昨日からです。まだちょこっとだけ」

「これはやめたほうがいい」

「どうしてですか？」

「いつか忘れる。しかも忘れる時には全部忘れる」

「え？　そうなんですか？」

「たとえばテストに出てきた単語があって、それはこの単語帳にあったやつだ。確か十二個目だったか、十六個目だったか。頭に思い浮かべるのはこの単語帳だ。手がかりはそこだけ。ところがそこには覚えたての、あるいは覚えかけの単語がひしめいている。どれがどれだったか。こんな風にABC順に並べてたら尚更わかんなくなる」

「えー、じゃあどうやって単語覚えたらいいんですか？」

「単語を覚えようとしちゃいけない。文章から切り取ってはいけない。手っ取り早い方法に手を出してはいけない。文章は文章のまま触れ合う。楽しむ。子供に童話を読み聞かせてあげるように、声に出して文章を読む。その文章を愛しく感じながら、撫でてあげるように愛情を込めて読んであげる。声の力は偉大だ。僕らが思ってる以上にね」

　夏彦は真緒里の単語帳の表紙を指で撫で回している。

　真緒里は少し鳥肌が立つ。なんか気味の悪い人だ。でも今はこんな変人っぽい人にでも頼らないと。藁《わら》にでも縋《すが》らないと東京へは行けない。夏彦は続ける。

「朗読は屋外がいい。明日から学校の行き帰りに読むといいよ。学校まで歩いて何分？」

「いつもバスです。歩くと片道一時間かかります」

「歩こう。一日二時間は英語の朗読だ」

「声に出して読むんですか？」

「ちゃんと声に出して読む」

「恥ずかしいです。誰かに見られたら」

「どうせ東京に行くんだろ？　誰に見られたって恥ずかしいことなんかないさ」

なにか自分の本心を見透かされたような気がして、ハッとする。そのとおりだ。人の目が厭でこの町を捨てようとしているわけだから。

「そういや、なんで気が変わったの？　そこまだちゃんと聞いてなかった」

「え？」

「言ってたじゃん。受験なんかしませんって」

「ああ。んー、この町から出れる、というのが一番でしたかね。どうせなら、これを機会に自分の運命を変えたいというか。……このままだと私、三代続いたスナックの四代目ママさんなんです」

「ママさんがいやなの？」

「んー。女を使ってお金稼ぐみたいなところが。ウチは母も祖母も、女を武器に生き延びた道産子なんですけど」

「なるほどね〜」

誰にもしたことのない話だった。この人なら、少しは自分の気持ちをわかってくれるだろうか。そんな想いが真緒里の脳裡を掠《かす》めた。

妹

夏彦は月・水・金の週三回のペースで来てくれることになった。最初の授業の翌日から、真緒里は徒歩で学校に通った。英文を朗読しながら。幸いその道の大半は家もない畑ばかりのエリアで、すれ違う人も滅多にいない。辿々《たどたど》しい音読も繰り返すほど流暢《りゅうちょう》になる。自分が英語をスラスラ喋っているような錯覚に陥り、妙に嬉しくなる。

脳がくたびれると、気晴らしに歌を歌った。

歌うことについては、昔から自信があった。スナックのお客さんたちが真緒里の歌は素晴らしいと褒めてくれるので、最初はもっと褒めて欲しくて懸命に歌っていたが、そのうち自分なりに私って上手いよな、と自覚するようになっていった。歌う場はもっぱらカラオケだった。母のスナックに限らず、カラオケボックスにもよく出入りした。ひとりで出向いて、ひとりで歌いまくるスタイルだった。学校の行き帰りに、周りに誰も居ないのを見計らって大声で歌うのも好きだった。特に冬の雪の中、しんと静まり返った景色の中で、歌声を響かせるのが何より好きだった。

「ギターやってるの？」

ある日、部屋の片隅に置かれたギターケースを見つけて夏彦が言った。

「あ、いえ。ただ置く場所がなくて」

「あけていい？」

「はい、どうぞ」

頑丈なギターケースの留め金をひとつずつ外して、夏彦は中からギターを取り出す。

「クラシックギターか」

「はい」

「けっこう立派なギターだね」

「生まれた時から家にありました。父のものだったそうです」

「……そう」

「形見じゃないですよ。父はまだ生きてます。別な女の人と」

「……そう」

夏彦はギターをチューニングして、音を鳴らす。

「弾けるんですか？」

「少しね」

「弾いててください。その方が勉強に集中できます」

「そうかい？」

最初は控えめに爪弾いていた夏彦だったが、興が乗ってくると勢い音量も上がって来る。はっと我に返り演奏を止める夏彦に、真緒里は「大丈夫ですよ。続けてください」と言った。実際彼の演奏のボルテージが上がるほど、勉強にも気合が入る気がした。

そのうち夏彦はギターの音色に声を重ね始める。低い控えめなボーカルは、歌い慣れている人の声だった。

「うまいですね」

「そう？　高校の頃、バンドやってた」

「へえ。どんな音楽ですか？」

「ロックとか」

「どんな曲やってたんですか？　カバーですか？」

「うん、カバー、時々オリジナル」

「すごい！　潮見さんが曲書くんですか？」

「曲と詞ね」

「すごい！」

夏彦は何曲か披露する。真緒里にはプロの作った曲にしか聴こえない。

「嘘ですよね？　ほんとに自分で作ったんですか？」

「そうだよ」

「どうやったら作れるんですか？」

「んー、なんとなく音拾って」

「曲を自分で作るって発想なかったです。そんなの無理だと思ってた」

「やりたくなってない？」

「ちょっとだけ」

「大学に合格したらね」

「…そうでした」

「大学に合格したら、何でも好きなことやったらいいよ」

「はい」

会話の間も夏彦はギターを爪弾いている。

「真緒里ちゃんは、どんな曲が好きなの？」

「えー、サカナクションとかですかね」

それに答えて夏彦が演奏してくれたのが『僕と花』という曲だった。サカナクションと言ってはみたものの、真緒里は実はそんなに詳しくなかった。母のスナックのカラオケで培われた自らの音楽センスに自信がなかった。迂闊《うかつ》な曲を挙げて笑われるのが厭で、ついサカナクションと言ってしまったのであった。

一番を終えたところで、夏彦は言った。

「手が止まってるよ。君は勉強！」

「あ、はい！」

それからというもの、授業の休憩時間に、ギタータイムが入るのがルーティンとなり、そのうち、真緒里が勉強中でも、夏彦はギターを鳴らし続けた。それはむしろ真緒里がお願いしたことだった。横でギターを奏でてもらった方が勉強する意欲がなぜか倍増するのであった。

一階で聞いている祖母は二階の孫と家庭教師が遊んでいるようにしか思えなかったのだろう。早速、母に告げ口である。

「あの家庭教師はダメだ。ギターばっかり弾いてる」

祖母の明美は母の楠美にそうボヤいたが、真緒里は「その方が勉強が捗《はかど》るから弾いてもらってるんだよ」と反論し、楠美はというと、「ギターが鳴り止んだら、却って危ないんじゃない？　キスタイムかもよ？」と娘をからかい、夏彦についてはこんなことを言うのだった。

「あの人、女性が好きじゃないのかもって。ウチの人が言ってた」

「じゃあ、真緒里はさっそく失恋かい？」

こういう無神経な母と祖母には心底傷つけられる。部屋に戻ってからも、ベッドに入っても、真緒里の怒りは治まらない。真緒里は脱出計画に益々闘志を燃やすのであった。

夏彦は淡々と週三のペースでやってくる。広澤家であることないこと言われているとは露知らず。

「英語はどう?」

「はい。まだまだしんどいですけど。英語が好きになってきました」

「おお、いいね。朗読やってる?」

「はい」

「歩きながらやってる?」

「はい。毎日みっちり二時間。単語とかも、何となく先に文章が浮かんで来て、思い出しやすくなったというか。もっというと、最初に散歩してる景色が浮かんで来て、次に文章かな。そして単語を思い出す、みたいな」

「そうなんだよ。子供は単語なんか意識して覚えないからね。いろんな体験とまぜこぜにして覚えてゆくでしょ。その体験が大事。きっと言葉って脳の中にいろんな体験とまぜこぜになってランダムに格納されてて、そうやってランダムな引き出しの中から拾い集めて使ってるんだと思うんだよ。しかもその方が脳内処理速度が速いっていうね。たぶんABC順にインデックスされてたら、脳にとっては処理速度が遅くなる気がするよ」

「ちょっと難しすぎます」

「あ、そうか。じゃあ、たとえばさ、駄洒落《だじゃれ》ってあるじゃん」

「はい」

「あれってさ、単語がABC順にインデックスされてたら、全然笑えないと思う。例えば『布団が吹っ飛んだ』って布団と吹っ飛んだが脳内で隣同士にインデックスされてたとしたら、別に近い発音であることに意外性ってないよね？　つまり駄洒落って、意外性にこそ面白さがあるけど、ここまで似た単語同士が、意外にも遠い距離感で記憶されてるから起こる奇跡というかね」

夏彦の話は益々わけのわからない方向に突き進む。だが確かに、一生懸命暗記しようとすると、なかなか覚えられないものだが、あまり意識しないと勝手に覚えてしまうことがある。そんな時は真緒里も脳の不思議を思う。

「マンガのキャラクターとかさ、知らぬ間に覚えちゃうじゃん。万華鏡写輪眼《まんげきょうしゃりんがん》とかさ。あ、これはキャラじゃないけど。技だけど」

「『ナルト』ですね」

「あ、知ってる？」

「小学時代に通った定食屋にありました」

その頃は祖母もまだ現役で、母と二人で店に出ていた時期である。晩ごはんを定食屋でひとり食べていた時代を真緒里は懐かしく想い出す。その定食屋にはコミック本がズラリと並んでいて、真緒里はそれをあらかた読んでしまった。

「『ナルト』に『スラムダンク』に『ジョジョの奇妙な冒険』に」

「ジャンプ系ばっかりか。その定食屋行ってみたいな」

「もうないです。潰れちゃいました」

「そっか」

「スナックも半分くらいに減っちゃったって。おばあちゃんが言ってました」

「こんなご時世だからなあ。まあでも英語が好きになって来たのはいい兆候だ。何事も好きにならないとやれないからね」

「はい。単語帳いっぱい買い置きしたのに、無駄になっちゃいましたけど」

「そうか。さ、やろうか」

「確かに。万華鏡写輪眼。覚えてますよ」

「そうだろ？」

「はい。穢土《えど》転生《てんせい》とか」

「やろうやろう」

「はいはい」

真緒里は机に向かい、夏彦はギターを爪弾き始めたが、不意に顔を上げた。

「どんだけ買ったの？　単語帳」

真緒里は振り返ると、書棚に手を伸ばして、小さな箱をつまみ上げた。

「これです」

それは一ダース売りの箱だった。

「箱で買ったのか」

「はい」

「これもらっていい？」

「え？　あ、どうぞ」

「あ、買うよ」

「え？　いいですよ」

「いやいや、買う買う。おこづかいにしてよ。これで足りるかな？」

夏彦は千円札を二枚、真緒里の机の上に置いた。

「ありがとうございます。これで充分です」真緒里は千円札を一枚だけ受領した。「でも何に使うんですか？」

「ちょっと使い途があって」

夏彦は言葉を濁した。

その日の授業の終わり、帰る夏彦を真緒里はいつものように玄関の外まで見送った。

十二月初め。夕方から少しだけ降った雪が夜道にうっすらと積もっている。帰り際、夏彦はこんなことを言った。

「そういえば、ひとつ下の学年に〝小塚路花《こづかるか》〟って子がいるだろ」

「〝こづかるか〟さん……ちょっとわからないです」

「そうか。仕方ない。目立たないヤツだから。全然喋らないんだ。話ができないんだ」

全然喋らない。話ができない。そう言われて思い当たる生徒がいた。

「あ、なんか、わかったような気がします。ひとりそんな子がいた気がします」

「そっか。近くにいたら、話しかけてやってよ。自分からは話さないけど、人の話はちゃんと聞ける子だから」

「はい、わかりました。誰なんですか？　そのこづかるかさん」

「……俺の妹」


翌日、真緒里は校舎の中を歩き回り、〝こづかるか〟を探した。果たして彼女は、図書館の隅の方に座っていた。ひとりノートに何か書いていた。勉強してるように見えなかったのは、机の上にはノートと筆箱しかなかったせいだ。教科書も参考書もない。ただ一冊のノート。そこに彼女は少し書いては何か考え込み、また書いては考え込む、そんな動作を繰り返していた。

真緒里はさっそく彼女に声をかけてみた。

「こんにちは。はじめまして」

彼女は驚いた顔で真緒里を見上げた。同時に、さっとノートを閉じた。

「ごめん。びっくりした？」

彼女は押し黙ったまま、じっと真緒里を見た。

「あなた、ルカさん？」

彼女は頷いた。

あまり手入れをしていない伸ばしっぱなしの髪が、片方の目を覆い隠していて、残る左の眼は鋭くもありながら、どこか無防備で、無垢《むく》でもあった。真緒里はその眼差しに一瞬吸い込まれそうになった。

「私、広澤真緒里。お兄さんに勉強習ってるの」

ああ、その人か、と彼女は頷いてみせる。夏彦から何か聞いていたようである。

「なんか友達いないみたいね」

彼女は心苦しそうに頷く。

「私もあんまりいないの。ね、友達になって」

それに対して彼女は首を縦にも横にも振らなかった。ただ不思議そうにこちらを見上げるのみである。あまりに唐突過ぎたかも知れない。そうは思いながらも、真緒里も後には引けなかった。そのまま彼女の隣の席に陣取った。

私にも友達があんまりいない。真緒里の、その告白に嘘はなかった。クラスメイトとの交流はあったが、それはあくまで差し障りのない程度であり、それ以上深入りするのを真緒里自身、避けているところがあった。そんな風に周囲と接するようになったのも、中学二年で起きたある出来事がきっかけだった。

地元の選挙区、北海道第11区の、とある候補者を母の楠美が応援していた。かつて店の常連だった人物だ。母はスナックの店内や家の塀にポスターを貼った。その候補者は見事、当選したものの、その後、有権者に対して買収と見做《みな》される金品の授受が発覚し、公職選挙法違反で逮捕された。真緒里は〝選挙違反〟というニックネームをつけられ、クラスメイトにからかわれた。最初はからかい半分であったが、〝選挙違反〟という何か大きな犯罪めいたニックネームの効能は彼らの予想を超えていた。気がつけば真緒里は前科者のような印象を周囲に持たれ、謂《いわ》れなき迫害を受けることになる。自分のことだけならまだしも、何かそれが家族ぐるみの犯罪であるかのような言われ方にはひどく傷ついた。最終的には教室内で孤立し、友達と呼べる相手はいなくなった。

高校に入り、人間関係がリセットされ、新しい仲間も出来たが、母校からの合格者が三〇人余りもいる中で、〝選挙違反〟というニックネームをまたいつ拡散されるかわからない恐怖感もあり、交友関係は付かず離れず、おっかなびっくり、会話をしてもどこかぎこちない。そんな高校生活になってしまった。

「あの選挙ポスターを思い出すと具合悪くなる。今もトラウマ。この話したの、あなたが初めて。ごめんね。なんか急に話したくなった」

そう言いながら、真緒里は涙ぐんだ。

言葉を話せない彼女の辛い境遇に、自分も合わせようとしたのかも知れないな、と真緒里は思う。だが、それとは別に、心を許せそうな、温かいものを真緒里はこの子に感じていた。この子とは友達になれそうだ。素直にそう思った。

「ね、友達になって」

真緒里はもう一度、この言葉を言ってみた。ルカは今度は素直に頷いてみせた。

さよなら

その家は、小さな木造二階建ての空き家を夏彦が自分で改装したのだという。そこに夏彦とルカが二人きりで暮らしていた。その両親は仙台にいるという。父親がラジオのディレクターで、母親はタレントでラジオのナビゲーターなどを仕事にしている人だと。

潮見家に立ち寄り、ルカと連れ立って学校に通う。少し遠回りではあったが、それが真緒里の朝の日課となった。

英語の朗読も欠かせない。ルカにそれを聞かせるのは少し恥ずかしかったが、その恥ずかしさを乗り越えたことで、真緒里にとって、ルカは更に気の隔《お》けない相手となった。

休み時間も昼休みも共に過ごし、放課後は共に下校し、寄り道して帯広市内のスイーツのお店を巡ったりもした。

週末は家に遊びに行った。

ルカの部屋にお邪魔しても残念ながら遊ぶ時間はなく、夏彦から与えられた課題をひたすらこなすうちに日が暮れてゆく。そんな時間、ルカはずっと本を読んだり、ノートに何か書いたりしていた。

「そのノートには何が書いてあるの？」

そう訊いてみたこともあったが、ルカは恥ずかしがってノートを引き出しに隠してしまうのだった。だが、何度かチラリと見えたことがあり、なにか詩のようなものを書いているようであった。彼女は進学はしないという。高校を卒業したら夏彦の働く牧場でバイトをするのだと。

ルカは声が殆ど出ない。話す時は紙と鉛筆を使う。そこで役に立っていたのが単語帳だった。ルカが使っていた単語帳には見覚えがあった。

「それ、私がお兄さんにあげたやつだ。あげたというか、売ったというか……」

その話を聞いてなかったのか、ルカは驚きの表情を見せながら、一枚こう書いて真緒里に見せた。

〝ありがとう。大切に使います〟

「でも不便じゃない？　スマホは持ってないの？　せめてスマホで話そうよ」

ルカは暫く黙っていたが、不意に立ち上がると自分の鞄から携帯電話を取り出した。

「あるじゃん！　ケータイ」

しかし、ルカの携帯電話は無残だった。ディスプレイは割れていて、電源も入らなかった。触った指先に僅かに砂が付着した。

「（壊れてます）」

「誰かに壊されたの？」

その状況を想像して真緒里は胸に怒りがこみ上げてくるのを感じた。しかしルカは何も答えず、首を横に振るばかりであった。そんなルカに真緒里はこう言って励ました。

「誰かに嫌がらせとかされたら私に言って。かわりにぶん殴ってやるから」

勉強の合間の休憩タイムになると、真緒里は夏彦のギターを部屋から勝手に拝借する。ルカはギターが弾けた。コード譜を見ながらアルペジオを奏でる。夏彦に習ったのだという。真緒里はルカにギターを弾かせ、自慢の歌を歌って聴かせた。一曲フルコーラスを歌い切るとまた勉強に戻る。真緒里が勉強している間に、ルカがコードを調べ、休憩に入ると、彼女は完璧な伴奏を弾いてくれるのであった。

こうしてルカのギターを聴きながら、真緒里は勉強に励んだ。ある時、ギターを弾きながら、ルカがハミングをした。

「あれ？　今歌った？」

ルカはハッとして顔を赤らめた。そしてまた口を閉ざしてしまった。

「なんか好きな曲とかある？　次の休憩タイムの時に歌ってあげる」

ルカが単語帳に書いたリクエストはサカナクションの『僕と花』だった。どうやら夏彦からいつぞやの話を聞いたのだろう。ルカの伴奏でいきなり歌う羽目になった。スマホで調べた歌詞を辿りながら歌ってはみたものの、メロディがよくわからず途中で挫折してしまった。

「実はそんなに詳しくないんだよ。サカナクション。見栄張ったの。お兄ちゃんの前では。ウチは代々続くスナックでね。生まれた時からずっと昭和歌謡を聴いて育ったの」

するとルカは黙って単語帳にこう書いて、真緒里に見せた。

〝昭和の歌、私も好きです〟

真緒里は逆に自分の好きな曲をルカにリクエストした。『木枯しに抱かれて』。小泉今日子の曲である。子供の頃からのお気に入りだった。

出逢いは風の中　恋に落ちたあの日から
気づかぬうちに心は　あなたを求めてた

ルカはこの曲を知っていたが、弾くのは初めてだという。イントロはアルペジオで入り、そのまま静かにAメロを奏でていたが、途中から原曲のリズム感を活かそうとしたのか、カッティングを交えた勇ましいストロークに切り替えた。

泣かないで恋心よ　願いが叶うなら
涙の河を越えて　すべてを忘れたい

せつない片想い　あなたは気づかない

「うーなにそれ、カッコ良すぎ！」

一番を歌い終えた真緒里は思わずそう叫んだ。間奏から二番へ。

あなたの背中見つめ　愛の言葉ささやけば
届かぬ想いが胸を　駆け抜けてくだけ

真緒里は歌いながら、不意に泣けてきた。いつしか芽生えたほのかな恋があった。夏彦に抱いた秘めたる想いがあった。そんな想いが、この歌を歌えば歌うほど、感情となって溢れ出てくる。それを認めてしまったら、心が挫けてしまう。受験勉強なんかやめたくなる。でも受験をやめたら、夏彦から勉強を教えて貰えなくなる。一緒に過ごせる二時間の貴重な授業がなくなってしまう。

白い季節の風に吹かれ　寒い冬がやって来る
激しく燃える恋の炎は　誰にも消せないの
せつない片想い　あなたは気づかない

終盤を真緒里は泣きながら歌い上げた。そんな真緒里を見上げながら、ルカの目も潤む。歌い終えた真緒里は床に座り込み、抱えた膝に顔を埋めて泣いた。夏彦への想いを超えて、様々な感情が去来して涙が止まらなくなってしまった。

ルカはそんな真緒里の手を握り、傍らに寄り添う。

「なんか、音楽って凄いな」

そう言って真緒里はまた泣いてしまうのであった。

夕方になると、ルカは、料理の支度を始める。真緒里も手伝おうとするが、あなたは勉強してくださいと、そこは頑《かたく》なであった。やがて夕餉《ゆうげ》の香りがルカの部屋にも届き、真緒里は空腹を我慢しながら、勉強に集中するのだった。六時過ぎに夏彦が帰ってくると、部屋に現れ、真緒里の戦況を確認してくれる。

「英語はどう？　朗読続けてる？」

「はい。なんかルカちゃんが横で聞いてるのでちょっと恥ずかしいですけど。なんかそばにいてもらった方が単語も覚えやすい気がします」

「そういう経験と一緒に覚えた単語は一生忘れない気がするよ」

「うん。そうかも知れません」

冬休みに入ると、真緒里は毎日潮見家に出向いた。ルカのギターを聴きながら、受験勉強に集中し、休憩タイムに入ると、ルカのギターを伴奏に、いろんな歌を歌った。『赤いスイートピー』や、『ジョニィへの伝言』、『木綿のハンカチーフ』、『なごり雪』などなど。二人の間で昭和の歌が小さなブームになっていた。

大晦日の夜は雪が降った。あくる日は朝から見事に晴れた。

二〇一九年一月一日、元旦。

正月の朝、祖母と孫は二人でおせちを食べた。その後、二人で近くの神社へ初詣に行き、合格を祈願し、更に祖母は娘の、つまり真緒里の母の結婚を祈願した。

「婚姻届まであと少し、なんとか無事結婚まで辿り着けますように」

と、祖母は拝殿に向かって手を合わせるのだった。結婚に辿り着けさえすればよいのか。あくまで目的は相手の財産か。祖母の悪びれもしない、その清々しいほどの浅ましさに真緒里は新年早々精神を病みそうになる。だが母が結婚にしくじれば自分の脱出計画も消滅してしまう。それを思うと複雑な心境だ。そのがんじがらめに、広澤家の血を呪いたくなる。その母は前日の大晦日から横井の家で過ごしていた。あちらの小さな子供たちの面倒を見て、手懐《てなず》けて、母の座を勝ち取り、その戦利品の分け前として、自分は東京行きの切符を手に入れる。ああ、なんと罪深い。真緒里は拝殿に手を合わせ、自らの罪を懺悔《ざんげ》するのだった。

午後は潮見家に行ってみた。

夏彦は牧場の牛や馬の世話に出ていた。動物に正月は関係ない。ルカがひとり留守番をしていた。初詣は行ったかと訊くと、ルカは首を横に振る。真緒里はそんなルカを誘ってもう一度初詣に出かけた。この場所から一番近い神社をスマホで探すと2キロほど先にひとつあった。白樺神社。二人はスマホのナビを頼りにその神社を探し歩いた。

雑木林の中に小さな鳥居と祠《ほこら》を見つけた。

「これが神社？」

神社と呼ぶにはあまりにも小さく、賽銭箱もなかった。

「きっと初詣に来たの私達が最初じゃない？　かえって願い事聞いてくれるかもね」

足跡ひとつない新雪を踏みながら祠の前に辿り着き、二人は手を合わせた。指先をまっすぐに揃え、手を合わせる真緒里に対して、ルカは指と指を交差させて組む西洋式の合掌であった。真緒里はもう一度受験の成功を祈願した。

「ルカは何をお願いしたの？」

そう言うと、ルカは真緒里に顔を近づけ、ひそひそ声で囁《ささや》いた。

「(おいのり)」

「おいのり?……なにをお祈りしたの?」

ルカは困った顔をした。

「わかった。わかった。お祈りしたのね。お祈りはお祈りだもんね」

真緒里はそれ以上は聞かなかった。

帰り道、真緒里はオフコースの『さよなら』を声高らかに歌った。真緒里の透明な声が、目の前に広がる白い世界に、吸い込まれてゆく。

もう　終わりだね　君が小さく見える
僕は思わず君を　抱きしめたくなる

「知ってるこれ?」

ルカは頷いた。

真緒里は続きを歌った。すると、それに合わせてルカも歌い出した。

「私は泣かないから　このままひとりにして」

君の頰《ほほ》を涙が　流れては落ちる

その声は顔に似合わず強烈なハスキーボイスで、狼の遠吠えのようであった。
「ルカ、歌えるじゃん！」

「僕らは自由だね」　いつかそう話したね
まるで今日のことなんて　思いもしないで

真緒里は続きをルカに譲った。サビの手前でルカは歌うのを一旦やめて、真緒里を見た。真緒里に一緒に続いて欲しそうである。そこから二人は一緒に歌った。

さよなら　さよなら　さよなら
もうすぐ外は白い冬
愛したのはたしかに君だけ
そのままの君だけ

そして二番、真緒里はもう一度ルカに譲り、その声に聴き惚れた。こんな歌の上手い子に出会ったことがないと思った。自分もかなり自信があったが、その自信は過信だったと素直に思えた。ずっと聴いていたかったが、サビが来ると、ルカはまた一緒に歌って欲しそうにするのだった。真緒里はルカの腕に抱きつき、一緒に最後まで歌い切った。

外は今日も雨　やがて雪になって
僕らの心のなかに　降り積るだろう
降り積るだろう

真緒里の透明な声と、ルカの狼のようなハスキーボイスが、広がる白い世界に響いた。

「家庭教師として派遣されてる身としては、頑張れとしか言えない。合格は無理だとは口が裂けても言えない。だから実はけっこう辛かったんだよ」

夏彦は真緒里に、こう本音を吐露した。それほど真緒里が合格するとは、夏彦ですら露ほども思っていなかった。しかし、どういう奇跡が起きたのか、真緒里は東京の大学に見事合格してしまった。

その週末、母と祖母は、家に親戚や知人や店の常連客を呼び集め、祝賀会を開いた。訪れた客人たちは、この椿事《ちんじ》を〝広澤家の奇跡〟などと呼んで、おおいに祝ってくれた。その宴席で真緒里は初めて横井にも会った。見るからに女癖の悪そうな中年男である。おめでとうとハグをされ、それを拒絶できない我が身を呪った。自分の選択は正しかったのだろうか？　そんな想いも払拭できず、祝福を受けながらも、真緒里の気持ちは今ひとつ晴れなかった。なにより、せっかく知り合えたルカとの別れが辛かった。

夏彦も少し遅れて駆けつけてくれた。玄関口で真緒里を「おめでとう！」と祝福し、次に出たのが先の言葉であった。「いやあ、辛かった」と夏彦は苦笑する。

ルカを連れてくるかと思ったが、彼女の姿はなかった。夏彦が言う。

「あいつ、別れるのが辛いみたいで」

夏彦と会うのも、公式には、この日が最後だった。帰郷した時に、ルカに会いに行けばまた彼にも会えるかも知れない。しかしきっともう帰らないだろう。自分はこの町を捨てて、東京へ行くのだ。そんな信念がこの頃の真緒里の中にはあった。だから尚更、夏彦といろいろ話をしたい想いがあったのだが、彼は彼で、この広澤家の奇跡の立役者として、まずは横井の自慢のネタにされ、次に母と祖母に捕まり長話につきあわされ、ようやく解放されたかと思うと、受験生を抱える親たちからどうやって真緒里を合格させたんだと、質問攻めに遭うのだった。ようやくその身柄が解放されて、自分の順番が回って来たと思ったら、夏彦は真緒里に、こう耳打ちした。

「そろそろ帰るよ。明日の朝も早いし」

真緒里はもうそれだけで号泣しそうだったが、何とかそれを我慢して、渡したいものがあると言って、どうにか彼を二階の自分の部屋に連れてゆくことには成功した。最後の最後に、なんとか二人きりになれた。

真緒里はギターケースを部屋の隅から引っ張り出し、夏彦の前に置いた。

「これ、ルカにあげようと思って」

「え？　いいの？」

「はい。ウチにあってもただの……粗大ゴミっていうか」

「あいつ喜ぶよ。でも真緒里ちゃんが東京に行ったら、寂しがるだろうな、ルカ」

「うん。私も寂しいです」

「ほんとありがとう。仲良くしてくれて」

「……ルカはいいよな。守ってくれるお兄ちゃんがいて」

真緒里は少しすねてみせた。すると、夏彦は傍らの椅子に腰掛け、小さなため息をついた。

「……実はね、あいつ、ほんとの妹じゃないんだ」

「え？」

「うん」

「あ……そうなんですか」

「変だと思ったろ？　名字も違うし」

「んー、なんか事情はあるんだろうなぁ、とか……」

「あいつね、震災で、家族を亡くして。津波で。お母さんと、お姉さんと。あいつだけ生き残ったんだ」

突然の話に真緒里は言葉が出なかった。夏彦が続ける。

「……あいつ、声が出ないわけじゃないんだ。だけど、声を出すと、泣いちゃうんだ。

いったん泣くともう止まらない。いろいろ我慢してる想いがあるんだろうな。でも不思議と歌は歌えるんだ。話す声は出ないんだけど、歌は歌える。変だろ？　なんでそうなっちゃったのかは本人にもわからないそうだ」

二人の間に、長い沈黙があった。真緒里が口を開いた。

「歌ってるの、一度だけ聴いたことあります。オフコースの『さよなら』。めちゃ上手でした」

「そう」

そしてまた長い沈黙。今度は夏彦がその沈黙を破る。

「お姉ちゃんの形見があって。携帯電話。もう壊れて使えないんだけど。たまにそれで天国のお姉ちゃんと話すんだ。きっと今頃、真緒里ちゃんの合格をお姉ちゃんに報告してると思うよ」

壊れた携帯電話を真緒里は想い出していた。触ると指先に砂のようなものがついた。割れたボディの隙間からも、パラパラと机の上に散らばった。

あれは……つまり、そういうことだったのか。

真緒里は夏彦を近くのバス停まで見送った。人気《ひとけ》のないバス停で、真緒里は誰にも邪魔されず、家庭教師のお礼や、別れの挨拶をすることが出来たのだが、ルカのことが心に引っかかって、どこか気持ちが入らなかった。そのうち辺りが吹雪いて来て、カーディガンを羽織っただけの真緒里に夏彦が「もう戻ってくれ」と言ったが、真緒里は彼がバスに乗って見えなくなるまでそこに居残った。

……それにしても。

ルカは一体なにがどうなって、夏彦とひとつ屋根の下で暮らすようになったんだろう。そんなことに悶々としながら、その夜はなかなか寝つけなかった。

出発の日、母と祖母が帯広駅まで見送ってくれた。新千歳空港駅まで電車を乗り換えて二時間程度の距離である。進学を目指したあの時、帯広には二度と戻りたくないと思ったものだが、そんな頑なな想いが、いざこの地を離れようとすると、辛かった。そして呪わしい家族と別れるのも辛かった。東京に遊びに行く理由ができたと燥《はしや》いでいた母と祖母であったが、出発時間が迫ると、まずは祖母が泣き、母が泣き、真緒里も我慢できず泣いてしまった。

特急に乗って南千歳駅までの間、真緒里はずっとルカのことを思った。

……震災。

思いがけないものを親友は抱えていたのだ。何も知らなかった。それが悔やまれた。既に泣き腫らした目から再び大粒の涙が零《こぼ》れる。人影が横切り、真緒里の目の前で止まった。顔を上げると、ひとりの中年男性が立っていた。

「あれ？　楠美さんの娘さんだよね？」

そこにいたのは忘れもしない、あの選挙ポスターの顔だった。こんな感傷に浸っている時に。なんなんだ自分の人生って。我慢できず真緒里は席を立った。

「いえ、違います」

そう言い残して、男を置き去りにして、隣の車両に移動した。ぶち壊しにされた気持ちも収まらないまま短い電車の旅は終わった。


真緒里の入学した八王子学園大学は八王子を名乗りながら、なぜか隣のあきる野市にあった。そして大学の寮は男子寮も女子寮も八王子にあったのだが、ややこしいことに、男子寮は八王子寮という名称で、女子寮はあきる野寮という名であった。「この名前をつけた人から詳しく事情を聞いてみたいよ」と、いつだったか、大学案内を見ながら夏彦が言っていた。

上京した真緒里はこのあきる野寮という女子寮の門を潜った。新築に近い綺麗な建物だった。ここから自分の新しい人生が始まるのだ。そう思うと真緒里は何か清々しい気持ちにもなる。しかし思わぬ残念な運命が真緒里を待ち受けていた。

五月のゴールデンウィークのさなか、母から電話があった。

「真緒里、悪いけど帰って来て」

「え？　何？　どういうこと？」

「横井さんと終わっちゃったのよ。もう学費も仕送りも送ってあげれなくなっちゃった」

「え？」

いきなりそう切り出されて、真緒里は絶句した。

「ちょっといろいろあってね。聞いてよ」

「うーん。聞きたくない」

「聞いてよ。早川さんっていう人がいてね。横井さんとこの運転手さんで、時々お店にも来てくれる人でね。その人から聞いたのよ。横井さん、他の店の子に入れあげてるってね。もうあったま来ちゃって、横井さんに訊いたのよ。そしたら、横井さん、いけしゃあしゃあと……」

そこで真緒里は電話を切った。それ以上聞いていられなかった。横井と母がどうなろうと関係ない。あんなヤツのお金に頼ろうとした自分が甘かったと我が身を恥じた。しかし、後の祭りである。その後、母は再び電話を掛けてきて、戻って来いとしつこかったが、意地でも帰るまいと決めた。

真緒里は大学の学生課に相談した。奨学金も勧められたが、奨学金と言っても結局は借金だった。借金は厭だと言うと、休学をひとつの選択肢として勧められた。自分で働いて学費が払えるようになったら戻ってくる。真緒里はそれが最善の策に思えた。ひとまず大学は休学し、駅ビルのカフェの店員のバイトにありついた。在籍資格があるので寮には残ることが出来た。こうして真緒里の想定外の新生活が始まった。

異邦人

五月の終わりの、ある深夜の事である。時計は午前2時を回っていた。イッコさんとキリエは二階の寝室のダブルベッドを二人でシェアして寝ていた。誰かが鍵を開ける音がして、キリエは目を醒ました。吹き抜けから玄関を覗くと、ドアが開き、男女のカップルが入ってきた。

「わー、おしゃれー」

「なんか飲む？」

「もう、いい。飲みすぎた。お水ちょうだい。ていうか、なんでこんなとこにベッドがあるのよ？」

「最初はみんな驚くんだよ」

一階のリビングにはキングサイズのベッドが置かれていた。女はそこに寝転がる。その一部始終が二階の吹き抜けから丸見えになっている。キリエは見つからないように、隠れながら、その様子を見ていたが、一瞬天井を見上げた女と目と目が合った気がして慌てて頭を引っ込めた。しかしそれは気の所為《せい》だった。女はキリエには気づかぬまま、男と話している。

「なんかね、最近思うのよ」

「なにを?」

「人生ってさ……」

「人生?」

「人生ってさ……なんだっけ?」

「人生が何?」

「忘れちゃった」

キリエは寝室に引き返して、イッコさんの肩をゆすった。

「(誰か来ましたよ)」

「……え?」

イッコさんがようやく目を醒まし、キリエの先導で吹き抜けから一階を覗く。

「何? 忘れちゃった? 人生を?」

「違うの。今なんか言いたかったのに。忘れちゃった」

「じゃあ俺が思い出させてやるよ。その忘れちゃった人生ってやつを」

「いや、ダメ。ウケる。やめて。そんなとこから始めらんないから。お水ちょうだい」

「お兄ちゃん!」

イッコさんが叫んだ。

部屋に侵入した男女は仰天して天井を見上げ、その殺気立った視線が、二人の姿を捉えた。

「友達と飲んじゃって。お部屋借りてた」

イッコさんは満面の笑みで言った。

「あ、そうか。じゃ、俺ら、お邪魔か」

「大丈夫。あたしたちこそお邪魔でしょ？　ごめんね。一報入れとけばよかったね。五分頂戴」

「ああ」

イッコさんはキリエに耳打ちした。

「ここを出るよ。準備して」

言われるがままにキリエは着替えながら振り返ると、イッコさんはマイクスタンドやアンプを入れたスーツケースまで動かそうとしている。

「荷物も全部持ってくよ」

「(あ、はい)」

けっこうな荷物を二人で運び出そうとしていると、男が二階にやって来た。

イッコさんに小声で、しかしドスの利いたトーンで囁く。

「おい、鍵返せ」

「え？」

「鍵！」

「ああ」

イッコさんはハンドバッグからキイを取り出して、男に渡した。男は何か言いたげだったが、それより先にイッコさんがキリエを彼に紹介した。

「あ、ミュージシャンのキリエさん。すごい才能ある子なのよ」

男はキリエを見た。キリエは咄嗟に一礼した。

「あ、ちょっとお兄ちゃん、手伝って。それ運んで」

「え？　しょうがねぇなあ」

男は不意に声の音量を上げて、言われるがままにスーツケースを玄関まで運んだ。

「じゃ。またね。お邪魔しました！」

「おお、またな！　次はちゃんと連絡寄越せ」

男の背後で女が怪訝《けげん》な顔で二人を見比べていた。男は声色こそフレンドリーだったが、最後までイッコさんを鬼のような三白眼で睨みつけていた。ドアを閉めるその直前まで。

深夜、路上に放り出されてしまった二人。通りには走る車の影もない。

「さて、どうしよ」

とイッコさん。キリエはどういう経緯かまったくわからない。

「ひとまずどっかホテルにでも泊まろうか」

イッコさんはスマホでタクシーを探しながら、今の顚末《てんまつ》を解説する。

「今の人、元カレ。わかんなかった？ 女を連れ込んだその部屋によ？ 別な女がいたらさ、それはもう修羅場でしょ？ だから妹のフリをしてあげたの。頭いいでしょ、あたし。あの人も今頃めちゃ感謝してると思う」

キリエには状況が今ひとつ呑み込めない。少なくとも男性は怒っているようにしか見えなかった。

「大阪に本社がある会社の若社長でね。ここは彼の離れ《アネックス》。滅多に東京には来ないし、合鍵持ってたし。別れる時に返したけど、予備があったから。ちょっとの間ならいいかと思って。調子に乗って長居しすぎた」

結局タクシーも見つからず、二人は歩いてホテルを探した。イッコさんが先導して連れて行った場所は新宿のラブホ街だった。

「こういうところ、初めて？」

「(はい)」

「大丈夫よ。なんにもしないから」

そう言ってイッコさんはキリエのお尻を撫でた。そして驚くキリエの顔を見て大笑いするのだった。

部屋に入ると、大きなモニターに映し出されている映像は裸で縺《もつ》れ合う男女であった。イッコさんはリモコンを使って映像を消し、「あー、眠い」と言いながら、さっさと寝支度を始める。キングサイズのベッドに潜り込むと、枕元の調光器を操作して部屋を暗くした。濃厚なブルーのライトが室内を薄暗く照らす。

「こんなとこじゃ安眠できない？」

「(いえ、全然。イッコさんに会うまでは、寝るのは電車の中でした)」

「電車？」

「(電車で寝るのが好きなんです)」

「どういうこと？　どういう話？　……でも電車ってよく寝れるよね」

「(あ、そういう話です)」

「……ね、なんか歌って」

「(え？　……なにを？)」

「なんでもいい」

キリエがギターケースに手を掛けると、「ギターはいい。そのまま歌って。子守唄」とイッコさんは言う。キリエは無伴奏で『異邦人』を歌った。

子供たちが空に向かい 両手をひろげ
鳥や雲や夢までも つかもうとしている

アップテンポのこの曲を、キリエはできるだけ静かに、スローテンポで歌った。

イッコさんは言った。

「ね、前から訊こうと思ってたんだけど、〝キリエ〟ってどういう意味?」

「(お姉ちゃんの名前です)」

「・・・そっか」

キリエが歌を続ける。

その姿はきのうまでの 何も知らない私
あなたにこの指が 届くと信じていた

二番の最後に辿り着く前に、イッコさんは深い眠りに落ちていた。

前髪あげたくない

　ラブホテルに泊まった翌日、イッコさんがキリエを連れて行った先は、とある男の家だった。イッコさんによれば、そこがイッコさんの今の正式な住まいだという。かなり豪華な一戸建てだった。

「最初からここに連れてくればよかったね。あっちに比べるとちょっと所帯じみてるけど、気にしないでね」

　インターホンを押すと、誰かが返事をしたが、ガリガリとノイズが邪魔して何を言ったかわからない。イッコさんは、しかしもうこれでドアが開くと確信している様子である。

「こっちは同居人がいるの。結構ヘンタイなやつ。気をつけてね」

　キリエにそう警告し、イッコさんは眉を顰《ひそ》めたが、ドアが開いた瞬間、その顔が満面の笑みに変わった。

「ただいま〜」イッコさんが軽い調子で手を振ると、「久しぶり〜。おかえりなさい〜」と軽い調子の中年男性が笑顔で手を振り返す。「相変わらず時間にはルーズ」とその男性。

「ごめんなさーい。こちら、キリエちゃん。ミュージシャンなの。こちら、波田目《なみだめ》さん」

「あ、どうも。波田目《なみだめ》と言います。ほんとは波田目《はため》って言うんですけど、七割以上の人が波田目《なみだめ》と読んでしまうので、四〇過ぎてから正式に〝なみだめ〟を名乗るようになりましてね」

「そこ、どうでもいいから」

「どうでもいい話でした〜。すいませ〜ん。私ちょっと今からミーティングで出るけど」

「あらごめんね」

「いやいや」

「あたしね、マネージャー始めました〜。この子の」

出かける準備を始める波田目にイッコさんが嬉しそうに言う。

「へえ〜。そっか。あ、そのイッコさんの目を見ればわかる。自分の情熱を注げる対象を見つけたってわけね。この退屈極まりない世界に。あなたが言うところの」

「話大げさ。そんなんじゃないよ。なんかね、ほっとけない感じ。しばらく一緒に暮らすつもり。大丈夫？」

「もちろん、もちろん。ご自由にお使いくだされ。ではでは、いってきまーす」

「いってらっちゃい」

「あいーん！」

ノロけながら波田目が出てゆくと、途端にイッコさんのトーンが変わる。

「あの人、ＩＴ会社の社長さん。パソコンとか難しいことは得意なのに、お金のことは全然ダメでね。お財布はあたしが見てあげてるの」

キリエにはいまひとつ大人の事情がわからない。

二階に上がると寝室がある。そこに荷物を運び入れると、

「ね、二度寝していい？　ちょー眠い」とイッコさん。着替えもせず、化粧も落とさず、ベッドに寝転ぶと、そのまま眠ってしまいそうである。キリエもその隣に寝転がる。

「(私もです)」

「一緒に寝よっか」

「(はい)」

こうして二人は優雅な二度寝を楽しんだ。

キリエが目を醒ますと、イッコさんは既にシャワーを浴び、化粧を落とし、すっぴんでキッチンに立っていた。

「お昼ごはん、もうすぐできるから。シャワー浴びてきて」

キリエは浴室を探し当て、シャワーをお借りする。こんな贅沢をさせて貰っていいんだろうかと、後ろめたくもあり、居心地もよくない。キリエにとっては、イッコさんと一緒に居られることが、いや、ルカにとって、真緒里と一緒に居られることが、唯一大切なことだった。

波田目《なみだめ》こと波田目《はため》新平とイッコさんとの関係はかなり奇妙なものであった。波田目の方は真剣に結婚を考えているが、イッコさんの方は「あたしは内縁の妻ぐらいにしておいて」と変な言い訳で躱《かわ》し続けている。キリエがイッコさんにこっそり聞いた話によると、彼女はこうした〝結婚未満〟の相手を何人も抱えているのだという。

「彼らのお財布を管理してあげるのがあたしのお仕事。まあ、なんていうか、新しい結婚のスタイルよね」

自身の美貌を最大限利用して、ひとつのビジネスに成功している、そんなイッコさんのライフスタイルだった。他に同じような相手がいるというのは極秘らしく、キリエも固く口止めされた。

ある日の午後、イッコさんが若い男を部屋に連れて来た。

松坂珈琲《まつざかコーヒー》という名前のストリートミュージシャンだった。一杯のコーヒーのような香ばしい音楽を届けたい、というのがテーマらしい。彼は自身が作ったCDや、フォトブック、Tシャツやキーホルダーなどをテーブルいっぱいに並べた。そして、それぞれにどのぐらいコストがかかるとか、ファンはどういうものを好むとか、そんな説明を矢継ぎ早に繰り出す。

「デザインはあなたがやってるの？」

「いや、俺の友達」

「その友達も手伝ってくれる？」

「勿論」

イッコさんはこの松坂珈琲なる人物にキリエの販売用グッズを作らせようとしているようだった。路上で歌っていた珈琲さんに演奏後、イッコさんが声を掛けたそうである。

「俺の音楽じゃなくて、グッズのクオリティを褒めて頂きまして」

と珈琲さんは苦笑いしながら、イッコさんの行動力にも感心していた。

「君も頼もしい人を味方にしたね。羨ましいよ」

そう言われてキリエも悪い気はしない。

「動画観たよ。俺、好きだよ、君の歌。是非、今度コラボしようよ」

イッコさんは近頃『Kyrie Blue』という名のYouTubeチャンネルを立ち上げ、自身がスマホで撮った動画を次々アップしていた。更には路上ライブを専門に撮り歩いているユーチューバーがいて、動画の波及効果もあってか、そんな人達もキリエを撮りに本格的なカメラ機材を携え現れるようになっていた。そしてコラボのオファーも増えて来た。

キリエは何人かのミュージシャンとコラボしてみて、最初はひどく緊張もしたが、勉強になることも多かった。そして何より、みんなが自分の声に一目置いてくれているのが意外だったし、嬉しかった。

数日後、イッコさんの許にデザイン案が届いた。

「なかなかいい感じじゃない？」

とイッコさんが言う。キリエもそう思った。

「なんか楽しくなって来たね」とイッコさん。

グッズはいい感じで売れた。投げ銭も好調だった。お金はイッコさんに託していたので、どのぐらいの売上があったのかキリエは知らなかったが、イッコさんは全国で売れたらこんなものじゃないよと目を輝かせた。

六月、イッコさんはオーディションの話を持って来た。雨の降る中、キリエはイッコさんと共に表参道のカフェに出向いた。そこにはスーツ姿の中年男性が待ち受けていた。

「初めまして、根岸です。音楽関係の仕事をしてます」

太くてよく響く声だった。

「昔、ロックバンドのボーカルをされてたんですよね」とイッコさん。

「イッコちゃん、昔話はいいから」

「すいません。あ、この子が、キリエ。シンガーソングライター」

「イッコちゃんが天才って言ってた子ね」

「(いや。私はそんな)」

キリエは慌てたが、

「いや、本当に、天才ですから！」

とイッコさんは強気である。

「イッコちゃんが言うんだから、きっと天才なんだろう。普段は声が出ないんだって？」

「(はい)」

「それでほんとに歌えるの？」

「歌えるのよ」とイッコさん。

「ちょっと歌ってみてよ」

「え？　ここで？」

キリエも辺りを見回した。隣の席にも、前の席にも、後ろの席にも客がいる。

「いつも路上で歌ってるんだろ？」

「でも、お客さんが……います……けど」

「変なこと言うね。お客の前で歌うのがシンガーだろ？」

根岸の言うことに間違いはないのだが。冗談だろうか？　しかし根岸は本気のようである。イッコさんがキリエを見た。どうしよう？　と、そんな顔で。

キリエは観念した。大きなため息をひとつ。

「(じゃ、『名前のない街』っていう曲を)」

そう言ってキリエは歌い出した。冒頭から突き刺すような歌声が店内に響いた。

聞きたくないや　雑音ばっか
とどめをさしてる
泣きたくないや　声も出ないや
答えはないの

意味ないことはないはずだ
夜の隙間に恋をして
知らない世界知りたいの
輝く色は何の色

周囲の客が振り返る。根岸は腕組みをしてキリエを睨むように演奏を聴いている。イッコさんは既に曲に飲み込まれ、恍惚の表情だ。

店員がやって来た。止めに入ろうとするが、キリエの歌唱力につい聞き惚れる。ワンコーラス歌い終えて、キリエは歌うのを止めた。そして店員に頭を下げた。

「(すいません)」

周囲に拍手が起きた。店員も客と一緒に手を叩いた。

「二番はあるのかい？」

と根岸。

「ありますよ」

とイッコさん。

「聴きたいな」

そう言って根岸は拍手した。すると周りの観客も大きな拍手で煽《あお》り、キリエも続けないわけには行かなくなった。

こんな機会があったからといって一足飛びに話が進むわけでもなかった。キリエは相変わらず、路上に立ち、歌を歌った。イッコさんも相変わらずそんなキリエのライブを手伝い、物販に励んだ。

梅雨時はライブ活動も大変だったが、屋根のある所を探したり、小雨ぐらいであれば雨空の下で強行し、キリエが歌う間、イッコさんが横から傘を差し出して雨風を凌《しの》いだ日もあった。とある雨の日、傘をさすギャラリーの中に、妙な目つきでこちらを見ている男がいた。歌いながらキリエはその男が気になって仕方がなかった。男はキリエの方を見ているのかと思ったが、その視線はイッコさんを捉えていた。歌の途中で男が立ち去り、歌い終えて振り返ると、イッコさんは傘をキリエにかざしながら、その顔は青ざめて見えた。

何だろう？　誰なんだろう？

その日の深夜、イッコさんは突然、温泉に行くと言って、波田目の家を出て行った。出掛けに、イッコさんはスマホをひとつキリエに託した。

「あたし以外の人から電話がかかって来ても出ないでね」

そう言い残して、それっきり、何日も戻らなかった。キリエも波田目も心配したが、何の音沙汰もなかった。

イッコさんがいなくなると、路上ライブもひとりでセッティングしなければならない。それは苦にはならなかったが、二人で手分けしていた機材をひとりで運ばなければならないのは物理的にキャパオーバーだった。波田目がクロゼットから自転車用のゴムバンドを出して来て、試してくれた。キャリーバッグの上にアンプを載せてバンドで縛ってみた。

「転がしてみ」

波田目に言われて、部屋の中を引きずって歩いてみると、アンプが重すぎてどうしても倒れてしまう。波田目はネットでキャリーカートを注文してくれた。そこにアンプとキャリーバッグを積んで、ゴムバンドで縛ってみると、いい感じにまとまった。マイクスタンドもバッグに入れて一緒に縛った。

ひとりで出かけるキリエを波田目は外まで出て見送ってくれた。

イッコさんの出奔から二週間ほど過ぎた頃、本人からメッセージがあった。

［明日、空いてる？　根岸さんがスタジオに来て欲しいんだって］

キリエは少し安堵した。ひとまず生きてはいるようだ。

翌日、キリエは一人で指定された住所に出向いた。

赤坂のとあるレコーディングスタジオ。根岸の姿はまだなかった。アシスタント風の男性に大きなレコーディングブースに案内された。男性はキリエをマイクの前に立たせ、ここで演奏してみて下さい、と言う。キリエはレコーディングスタジオで歌を歌うという経験がなかったので、緊張した。ともかくギターの仕度をして、言われるがままにヘッドホンをつけ、マイクテストをしていると、ガラス越しに根岸の姿が見えた。彼に向かって勢いよくお辞儀をすると、ヘッドホンが床に落ちた。慌てて拾い上げる。

ガラスの向こう側はミキシングルームで、根岸の他に数人の男性や女性たちがいた。皆、レコード会社の関係者のようであった。

ミキシングルームの中央を陣取る巨大なミキサー卓。その前には長髪を後ろで縛った太った男がデンと座っている。その男がマイク越しにキリエに呼びかける。

「準備できましたかー？」

キリエはコクリと頷く。

根岸がテーブルの上のトークバックのボタンを押してキリエに語りかける。

「じゃ、録《と》ってみようか。あの歌どう？『前髪あげたくない』」

アシスタントの男性に手で合図を送られ、キリエはその自作の曲を歌った。

　前髪はあげたくないの　だって眉毛が変だから
　そんなによく見ないで欲しい　変な顔してるの
　くたびれた笑顔で　見つめてくれる

あなたの指を　確かめあってみたい
いないいないばあって　目を上げたら
きらりきらり笑ってくれるから

増える優しい　記憶棲み着く今きっと
大丈夫
大丈夫かな

この曲が終わると、根岸は更に二曲リクエストした。『幻影』と『燃え尽きる月』。根岸はキリエの曲をちゃんと把握しているようだった。キリエはそのことを有り難く思った。最後に自分の好きな奴を一曲と言われて、『ハナミズキ』を披露し、終了の合図をもらった。マイク越しにギャラリーの拍手が聴こえた。続けてミキシングルームの会話が聞き取りにくい音量で漏れ聞こえてくる。

「んー。こういう感じは俺の得意じゃないなぁ。どう？」

「どうですかねぇ。まあ、個性的ではありますが……売るとなると、なかなか難しいのかなぁ……どう？」

「えー、僕は好きですけどね」

「私も好きです。感動しました！」

「ちょっとクセが強すぎません？　いや、声というかキャラが……暗いというか」

「まあ、どうでしょ。暗いっていうのは、かならずしもネガにはならないとは思うけど」

「あと、歌かなぁ。大衆受けするのがいいわけじゃないですけど。作詞作曲は本人ですよね」

「まあ、歌は誰かに作らせればどうにでもなる範疇《はんちゅう》だとは思っていて」

「曲よかったけどな」

「私も」

キリエは戸惑う。この会話、聞いていて、いいものだろうかと。ギターをケースに収めていると、お客さんたちを見送った根岸が録音ブースに入ってきた。

「何？『ハナミズキ』好きなの？」

「(なんか今日はそんな気分で……)」

「好きな曲って、自分の曲で良かったんだけどね」

「(あ、そうだったんですか。すいません)」

「でもよかったよ、まあ、それはそれとして。いやあ、すごい反響だ。よかったよかった」

「(デビューできそうですか)」

「まあ、そこまでは今は何とも言えないけど。事務所には所属してないんだよね」

「(え？　ああ…でもイッコさんがマネージャーですけど)」

「イッコちゃんがマネージャーなの？」

「(はい)」

「彼女とは何処《どこ》で知り合ったの？」

「(路上ライブで。イッコさん、通りすがりで聴いてくれて。声かけてくれて)」

「そうなんだ。まあでも、あの子もマネージャーって言ったって、この世界は素人だろう。君は君でちゃんとした事務所に入った方がいいよ。いい事務所はいくつかあるから。なんなら紹介できるし」

キリエは胸が苦しくなる。イッコさんのことを悪く言われるのが辛い。その辛さは自分が何か言われるより遥かに辛い。その後、根岸と何を話したのか、あまり憶えていないくらいだ。気がついたら、ひとり家路についていた。地下鉄とJRを乗り継いで、代々木の波田目宅に戻ると、波田目が玄関まで出迎えてくれた。だが、その顔はひどく青ざめていた。

「警察が来て。イッコさんを探してるらしい」

「(警察？)」

「ああ」

波田目は呆然としながらリビングに戻る。キリエはその後を追う。波田目はソファに腰を下ろし、ため息をついた。キリエはダイニングテーブルの椅子に座り、波田目の話を待った。

「……いや、ちょっと何がなんだかさ。結婚詐欺の常習犯だっていうんだよ。イッコさんがさ。あなた騙されてますよって。何人も騙されてて、被害総額は億を超えるって」

「(……ええ?)」

「知ってた?」

「(え?)」

「あいつが結婚詐欺師だったって」

キリエは首を横に振った。

「考えてみたらおかしいよな。結婚はしたくないってさ。でも財布は預かるってさ」

「(結婚しないって言ってても……結婚詐欺なんですか?)」

「そうなんだよ。それは俺も言ったんだよ、警察に。そしたら結婚詐欺というのは言い方であって、いろんな種類があるんだと。婚活詐欺とか恋愛詐欺とか。要は結婚や恋愛を利用して相手を騙してお金を巻き上げたら詐欺なんだそうで、今回複数から被害届が出ているんだそうで……他に男がいたのは知ってた?」

「(いえ)」

「ほんとか？　他に男の影がちらついてたりしてなかったか？」

キリエは少し口籠《くちごも》った。元カレのことが脳裡をよぎった。その一瞬の間を波田目は見逃さなかった。

「いたのか？」

「(いえ。元カレっていう人には会いましたけど)」

「元カレ？」

「(はい)」

「どこで？」

「(ここに来る前に。私、その人の家をお借りしてて、そこに住まわせてもらってたんです)」

「どういうこと？」

「(…どういうことって？)」

「キリエちゃん、元カレの世話になってたってこと？」

「(世話というか。私は知らなくて。後で知りましたけど)」

「なんかよくわからない。ちゃんと説明して！」

「(私もよくわからないです)」

「ほんとに？」

「（はい）」

「イッコさんがさ、金銭目的で俺とか元カレとかと付き合ってたりしてたってのは知ってた？」

「（金銭目的……）」

「実際マトモに働いてもいないわけじゃん！　あのひと！」

波田目は声を荒げた。キリエは身を竦《すく》ませる。

「（それって結婚詐欺なんですか？）」

「知らないよ。俺だってそんなに詳しいわけじゃないからさ。そういうのは最後は法廷で決まるんじゃないのかな。でも、あれだぜ。ひょっとしたら、君も共犯かもよ？」

「（え？）」

「警察呼ぼうか？」

「（……警察？）」

「俺が詳しく話聞いてもさ。こっから先は刑事さんにも聞いてもらったほうがいいだろう。ちょっと今から呼ぶわ」

そう言うと波田目はゆらりと立ち上がり、ポケットからスマホを取り出すと、覚束ない足取りで玄関の方に歩いて行った。警察に電話をするのか。私はどうしたら？　そんなことを思いながら、キリエは椅子に座ったままだった。波田目が戻ってきた。

「電話したら、キリエちゃん、逮捕されちゃうかもな」

「(……そうなんですか？　私何か悪いことしちゃったんでしょうか？)」

「わかんないよ。何をしたのかを俺知らないし。でもさ、イッコさんのおかげでキリエちゃん、タダでここに住んでたわけじゃん？　それってちょっと詐欺っぽいよね」

「(すいません。出てゆきます)」

「いやいや。そんなこと言ってるんじゃないんだけど、俺にもちょっと何がなんだか、事情もよくわかんないし。自分の気持ちの整理もつかない。腹が立って、腹が立って、もう煮えくり返って」

波田目は話しながら高ぶる感情を次第に抑えられなくなり、キリエに歩み寄るなり、いきなり頭を鷲摑《わしづか》みにすると、髪の毛を引きちぎらんばかりに握りしめ、そのまま歩き出した。キリエは引きずられるように床を這いながら波田目に従った。抵抗のしようもない。そのまま寝室に連れてゆかれ、ベッドの上に突き飛ばされた。波田目の大きな身体が上にのしかかってくる。

「イッコさんのことは死んでも許さない。でもしょうがない。怒ったってしょうがない。俺は泣き寝入りするしかない。しょうがない。君の身体で返してもらうとするよ。君も我慢しろよ。家賃の代わりだ。それでチャラにしよう」

「(やめてください)」

「わからないよ。俺だって。でもさ、思いついちゃったから。こういうことをさ。こういう解決法をさ。あいつには悪いけど、どんな抱き心地かさ、気にはなってたんだよずっと。浴室にさカメラ仕込んで盗撮してみようかなってさ、毎晩悶々としてたんだよ。男なんてそんなもんだ。どこまでもゲスの極みだよ。だから貸しは作っても借りなんか作るもんじゃない。必ず取り返しに来るぞ、男は。俺だって騙されましたじゃ済まないからさ。取り戻せる物は何でも取り戻すさ。君もあいつの私物だろ？　だったら今は俺のモノだわ。な、そうだろ？」

「やめてください！」

突然、キリエが叫び声を上げた。波田目は呆気に取られる。

「……あれ？　キリエちゃん、声出るじゃん」

「これでイッコさんのこと許してくれるんですか？」

キリエははっきりと地声でそう言った。その声はしかし恐怖で震えていた。

「そうだな。キリエちゃんが身体張ってくれるなら、それは許すしかないな」

「わかりました。じゃ、お願いします」

「そうかい？　話早いな。さすが共犯者だな」

「イッコさんにはいっぱい助けてもらったから」

「そうかそうか。俺も助けたよな。ここに住まわせてたもんな」

「はい。ありがとうございます」

「まあ、俺にやられたからってさ、減るもんじゃない。男性経験は？　何人ぐらい？」

キリエは首を横に振った。

「え？　初めてか？　嘘つけ。やっぱり嘘つきだな、お前。そういうところでバレるんだよ。嘘ってやつはさ」

このまま嬲《なぶ》られる。キリエがそう覚悟した時、波田目は身体を離して、そしてぼそりと言った。

「なーんちゃってだな。まるで勃たねえし。狂ってるな、こんなこと。自分でもわけがわからん」

波田目は項《うな》垂《だ》れた頭をゆっくり左右に揺らしながら、力なく起き上がると、ベッドの上に正座した。

「謝らないよ俺は。ここで謝ったら自分が次にどんだけ激怒して、君に何をするかわからない。出て行ってくれよ。また暴れ出さないうちにさ」

キリエは仰向けのまま、呆然と波田目を見た。青ざめたその顔はいつもの波田目とは別人に見えた。

「キリエちゃんは悪くないから。警察にはそう言っとくよ。だから、このことは誰にも言うなよ。内緒な」

キリエはベッドの上を這い、そのまま床に転がり落ちた。過呼吸になって息ができない。それに気づいた波田目が、はっと我に返った。慌ててキリエに駆け寄った。

「大丈夫かキリエちゃん！　ごめん！　俺が悪かった。ちゃんと息して。ほら、すーはーすーはーって！」

波田目は背中を擦《さす》って、キリエを落ち着かせようとした。

キリエは暫く息もできない状態のまま嗚咽《おえつ》した。涙が、涎《よだれ》が、鼻水が、顔じゅうを濡らし、汚す。嗚咽しながら、何か言おうとしている。

「え？　なんだい？　なんだって？」

波田目は耳をそばだてた。彼が聞いたのは、キリエが姉に助けを求める声だった。

「……助けて……おねえちゃん……おねえちゃん……」

キリエは苦しみ藻掻《もが》いた。波田目はもはや手の打ちようがなく、ただ謝り続けるしかなかった。

「ごめんな、キリエちゃん。ごめん」

そんな波田目の声も、きっとその耳には届かない。

キリエはかつて溺れた記憶の中にいた。

真緒里がいかにして一条逸子になったのか。これはその顚末である。

真緒里が働く八王子駅ビル内のカフェ・エイプリの従業員に、上田珠緒《たまお》という真緒里の二歳年上の女性がいた。岐阜の揖斐川町《いびがわちょう》から八王子に移り住み、四年目だという。〃緒〃という字がお互いの名前に共通しているということだけで意気投合し、休みの日になると二人で原宿や六本木に出かけるような仲になった。ある日、彼女から都心に引っ越さないかと持ちかけられた。二人で同居すれば家賃も半分で済むと。休学中の身で、八王子から離れるのに躊躇もあったが、上田珠緒は復学するまでの同居で勿論問題ないと言う。真緒里自身、そろそろ寮は出たいと思っていた。キャンパスライフを謳歌する学生たちを横目に、ひとりだけアルバイト生活をしているのが辛かった。もう少し高額のバイトも探したかった。都心の方がきっといろいろあるだろう。真緒里は同居を決めた。

二人はアプリで新しいアパートを探し、週末になると一緒に内見に出かけた。世田谷界隈に狙いを定め、同時に新しいバイト先も探した。ほどなくして、明大前にいい部屋を見つけた。築二〇年の2LDK。外観は古いが、きれいにリフォームされていて、広い割に値段も安い。二人は駅前のスイーツ店の求人を見つけ、面接を経て採用された。トルートというその店は、シュークリームが売りの洋菓子屋で、偶然二人辞めることが決まっていたそうで、二人揃っての採用は幸運だった。

こうして二人がこのアパートに移り住んだのが六月のことである。仕事帰りに駅前の居酒屋に立ち寄り、二人で飲んで帰るのがルーティンになっていた。とはいえ真緒里はアルコールは飲まないのだが。未成年だったというのもあるが、成人してからも飲むつもりはなかった。母や祖母の飲んだくれぶりを見て育ち、アルコールには嫌悪感しかないのであった。

ある晩のことである。仕事帰りの二人はいつもの居酒屋に立ち寄り、メニューを眺めていると、隣の席で一人飲みしていた女性が声を掛けてきた。

「トルートで働いてる子達よね。シュークリーム最高よね」

彼女はそう言ってこちらの席に割り込んできた。越智柚子子《おちゆずこ》という。〝子〟という字が二つも並ぶ珍しい名前だ。名刺を見て一瞬印刷ミスかと思ったくらいである。肩書にはインテリアデザイナーとある。年齢は見たところ、二〇代後半。女優かモデルでもやっていそうな、華やかな容姿の持ち主であった。

帰りがけにアカウントを交換した。すると翌日、柚子子からメッセージが入った。

［今度お茶でもしない？］

珠緒に訊いてみると、彼女にはそんなメッセージは届いていなかった。だが自分ひとりで行くのも気が引けて、柚子子に珠緒も一緒でいいかと訊ねると、もちろん！　という返事が、かわいいミカンのスタンプと一緒に送られてきた。

このお茶会をきっかけに、柚子子は二人を何かにつけ誘うようになる。そのペースは尋常ではなかった。バイトの日は二人が仕事を終えると赤坂や麻布十番の料亭から［待ってるよ］とメッセージが入る。店の定休日は昼間から、原宿や代官山で買い物三昧。支払いはすべて柚子子持ちである。さすがに申し訳ないと、最初のうちは真緒里たちも何度か辞退を申し入れるのだが、税金対策にご協力下さい、などと言われて煙に巻かれるのだった。胡散臭《うさんくさ》いことこの上なかったが、しかしバイトで生計を立てている二人にとっては、生活費が浮くこの状況は有り難く、ついつい甘えてしまうのだった。そんな暮らしを続けてひと月。珠緒が突然もうあの人とは付き合いたくないと言い出した。

「なんかさすがに疲れてきた」

確かに柚子子と一緒にいると楽しいのだが、家に戻ると、珠緒も真緒里も、どっと疲れてしまう。その理由は二人も判っていた。柚子子が疲れ知らずなのだ。珠緒は、こんな風にも言った。

「柚子子さんのお気に入りは真緒里なんだよ。だから余計に疲れる」

その発言には真緒里も驚いた。そんなこと考えてみたこともなかった。確かに最初にメッセージを貰ったのは自分だったが、柚子子は二人に対して、別け隔てもなかったし、どっちを気に入ってるとか、そんな雰囲気は微塵もなかった。真緒里がそんな話をすると、珠緒は言う。

「私には興味ないよ、あの人。それは、嫌でも感じるよ」

珠緒はなぜか妙に卑屈になっていた。

「珠緒が行かないならあたしも行きたくない」

真緒里がそう言うと、珠緒はそれは駄目だという。

「そんなことしたら、私が悪者じゃん」

こんなトラブルを経て、珠緒がこの仲良しグループから離脱し、真緒里は単身で柚子子の遊びに付き合うことになった。その頃から柚子子は真緒里を合コンに誘うようになった。相手は大抵中年男性のコミュニティーだった。IT関係や不動産関係、広告関係、そんな人達が集っていた。参加する女性たちも艶《あで》やかだ。都内の有名な女子大の子もいたし、芸能プロダクションと契約しているというモデルやタレントもいた。皆、柚子子の友達だという。

ある日、翌日の仕事が休みだったこともあり、つい遅くまで付き合ってしまい、終電を逃したことがあった。そんな真緒里に、柚子子は、ウチにおいでと誘った。彼女の住まいが西麻布にあることは知っていたが、行くのはその日が初めてだった。立派なマンションの最上階の見晴らしのいい部屋が柚子子の住まいだった。

真緒里は驚愕《きょうがく》した。インテリアデザイナーという職業はこんな部屋に住めるのかと思った。ここの家賃はいくらなのかとか、年収とか、ついつい柚子子を質問攻めにしてしまったが、彼女の返事はのらりくらりと曖昧《あいまい》だった。

柚子子は既にだいぶ飲んでいるというのにヴーヴのシャンパンの栓を開けた。

「はい、乾杯！」

柚子子は真緒里にシャンパングラスを手渡そうとしたが、真緒里はそれを受け取りはしたものの、口にはしなかった。

「明日大丈夫？　仕事？」

柚子子が訊く。

「はい。だから明日は休みだと」

既に何度も答えていた。

「あらそう」

「柚子子さんは？　明日仕事ないんですか？」

　明日も遊ぼうという話だと厄介だな、と真緒里は思う。ここのところ合コンが毎晩続いていた。たまの休みくらいゆっくりしたい。体力がもたない。

「……そうですか」

「私、暇なの」

「そうですか」

「ないのよ」

「柚子子さんは元気ですよね」

「どうして？」

「どうしてっていうか、元気ですよ。お酒強いし」

「そんなに強くもないのよ」

「嘘ですよ。めちゃ飲むじゃないですか」

「めちゃ飲んだ次の日はもうダメよ。二日酔いで死んでる」

「えー、でも仕事の方は平気なんですか？」

「私ね、仕事してないの」

「え？」

「無職なの」

　真緒里は思わず笑ってしまった。口には出さなかったが、心のなかで突っ込んだ。無職がこんなところに住めるかい！

「無職ではないわね。お金は稼いでるからね」

「……はあ。……どうやって」

「こうやって。夜、男の人達とお酒飲んだりね、デートしたりね」

「それで？　いわゆるパパ活やギャラ飲みとかいうやつですか？」

「その言い方！　そんな下賤な言い方しないでよ。そういうことじゃないのよ。私の場合は、いうなれば、〝天衣無縫〟」

「てんいむほー？」

真緒里は首を傾げる。聞いたことはあったが、意味までは思い出せない。

「天女さま。わかる？」

「なんか、天国にいる女神みたいな……」

「そうそう。天女さまはね、お裁縫なんかしないの。働かないの。それが〝天衣無縫〟」

「なるほど」

「こんな容姿を天から与えられてしまったら、もう働く必要なんてないでしょ？　私とか、あなた、とか」

そう言いながら、柚子子は壁の大きな鏡に自分と真緒里の姿を映して恍惚としている。

「やってみる？　というか、辞めてみる？　働くの」

「いやぁ、それは絶対に嫌です」真緒里は激しく首を横に振った。「女を売り物にするような仕事したくないです」

「仕事じゃないわよ。仕事なんてしなくていいの」

柚子子はエレガントな指使いで、鏡越しに自分の巻き毛を弄《もてあそ》んでいる。反吐《へど》が出る、という言葉が真緒里の脳裡をよぎる。

ああ、この人は、自分の価値観の対極にいる人だ。女を売り物にする職業の極致は、もはや働かなくてもいいと来た。これはもう永遠に相容れない。まあ、しかし、ここで喧嘩になって部屋を追い出されても困る。ひとまず話を合わせておいて、こちらで仮眠させてもらったら、始発で帰ろう。そう考えを切り替えて、眠そうなフリをして、ソファに寝転び、そのまま寝落ちしようと企てた。大人四人が横になれそうな巨大なソファだ。もはやベッドとの違いがわからない。横になってみると、経験したことのない寝心地の良さだ。

「すごいですね。このソファ、めちゃくちゃ寝心地いいですね」

「そう？」

柚子子が天女さまのように近寄ってきた。そしてソファに寝転がり、真緒里を抱き締めた。

「男に身体を売ったりしなくていいのよ。天女さまはね」

そしてむっくり起き上がり、「おやすみ」と一言言い残して、寝室に消えていった。

少し後味が悪かった。

〝女を売り物にするような仕事はしたくない〟

真緒里は自分の日頃思っている哲学を口にしたまでだが、それって、柚子子の生き方を全否定したようなものじゃなかったか。そんな言葉を母や祖母に対してすら発したことはなかった。気を悪くしただろうか。考えてみれば、自分だって中途半端だ。柚子子にくっついて行く飲みの席では、自分でお金を払ったことはなかった。それはやはり少なからず、自身の女を利用していることになりはしないのか？　そんなことを思いながら、しかしこのソファの寝心地と睡魔とには勝てなかった。真緒里はそのまま最高級の眠りにつき、夜が明ける前にしっかり起きて、始発で帰ったのであった。

後日、真緒里は〝天衣無縫〟という単語を調べてみた。天女の衣類には縫い目がない、というところから、詩歌など作品の仕上がりを称える時に使う表現のようではあったが、働かなくていい、という都合のいい意味はどこにもなかった。

これが七月の話である。

それからも柚子子の誘いは続いたが、いろいろ理由をつけて断った。だがいくら断っても柚子子は気にも留めず、また誘ってくる。しかし無理強いするわけでもない。

「気が向いたらでいいからね」

と、言い方もソフトだ。そんな柚子子には好感が持てた。いつしか真緒里は再び誘いに乗るようになっていた。食費が浮く。この頃の真緒里にはこの経済的理由が意外とバカにならなかった。

気がつけば毎週五回は中年男性たちとの合コンをこなすようになっていた。参加者の中には、名指しで真緒里と一対一でデートしたい、と言い出す輩《やから》も現れたが、そんな時も柚子子が守ってくれた。

「ダメよ。この子は！　私の妹なんだから」

その界隈で真緒里は柚子子の妹、ということになっていた。

八月は誘いが一段と増えた。合コンが一晩でダブルヘッダー、トリプルヘッダーという日もあった。一時間ぐらい顔を出したら、次に移動する。

IT企業の幹部とエーゲ海に行くという誘いもあり、トルートの仕事もあって断った時はさすがに惜しいことをしたと思った。エーゲ海に旅立つ直前、柚子子は真緒里に自分の部屋の鍵を貸してくれた。留守番でも頼まれるのかと思ったが、そうではなかった。

「ずっと持っていいよ、これ。いつでも使っていいから」

実際に使う機会もないだろうと思われたが、その鍵が知らず識《し》らずのうちに真緒里にとってのお守りのような存在になっていった。その鍵さえあれば、この東京でのたれ死にそうになっても、寝場所はあるのだ。しかも極上の寝床だ。まるで天衣無縫のベッドのような。

柚子子の世界線と自分の生活圏の二律背反。

それは次第に真緒里の生活に暗い影を落としてゆく。まずは珠緒との微妙な関係の悪化であった。

珠緒に彼氏ができたのが九月。その彼氏は、灰野《はいの》という彼女の中学時代の同級生だった。その年の正月の同窓会で再会し、彼も東京暮らしだというので、連絡を取り合い、何度かデートを繰り返すうちに交際に発展したのだという。タイミングの合う時は、いつもの居酒屋に彼も顔を出した。時には、家にも遊びに来た。さすがにここで変なことはしないよね。内心では珠緒を信じつつ、その動向を見守っていた。

柚子子の合コンに付き合った日のことだ。その日の場所は芸能プロダクションの社長が経営するプライベートのラウンジ。名のあるミュージシャンや俳優たちとの飲み会だった。トイレに立った真緒里は後ろから誰かに抱きつかれた。ミュージシャンの一人だった。

「君、かわいいよね。二人でどっか行かない？」

真緒里は咄嗟に逃げた。ラウンジに戻ると、柚子子の隣に座った。そこは自分の席ではなかった。異変を察して、柚子子は立ち上がると、真緒里と人のいない別室に移動する。

「どうした?」

「後ろから抱きつかれた」

「誰に」

「名前わかんない。ミュージシャンの人」

「トイレで?」

「うん」

「じゃあ今トイレにいる奴がそうなのね。わかった」

そう言うと、柚子子はトイレの方まで歩いて行った。男子トイレを覗くと、そこにいた唯一の男を引きずり出し、啖呵《たんか》を切った。

「私の妹に何かした?」

男はたじろいで釈明する。

「いや、なにもしてないって」

「抱きつかれたって言ってたよ」

「ごめん。転んじゃって。つい」

「転んだ?」

「ちょっと飲みすぎちゃって」

「まだそんな飲んでないでしょ？」

「酒弱くて」

男はしどろもどろである。

「妹にへんなことしないでね」

「あ、わかりました」

柚子子が戻ってくる。真緒里の手を握って、言った。

「今日は帰ろうか」

こうして二人はラウンジを後にした。

「ウチで飲み直す？」

「いや、今日は帰ります」

「ごめんね。なんか」

「いえ、大丈夫です」

真緒里は柚子子と別れて、明大前のアパートに帰った。午後8時30分。珠緒がいるはずだったが部屋は暗かった。彼氏と何処かに行ったか。そう思ってドアに近づくと、部屋の中から甲高い声がした。珠緒の声だ。うわっ、やってるよ。真緒里は心の中で呟いた。真緒里はその場から離れると、さてどうしようかと思案した。近所の小さな公園のベンチに腰掛けて、柚子子にメッセージを送ってみた。

［今から行っていい？］

返事はすぐに来た。

［いつでも］

柚子子のゴージャスな部屋に真緒里は再び足を踏み入れた。今度は自らの意思で。柚子子とシャンパンを酌み交わしながら、気がつけばすっかりお酒の味を覚えてしまっている自分にも呆れた。

「天衣無縫って、人生のことじゃないのかな」

真緒里は柚子子に言った。

「え？　どういうこと？」

「わかんないけど、なんとなく。人は外見《そとみ》は変わって行くけど、中身はなんにも変わらない気がするから」

思えば、天上の生活と、庶民の生活を両方こなしているような日々だった。精神的にも肉体的にも真緒里は限界だった。トルートの仕事も注意散漫でミスを連発した。珠緒と部屋の使い方について、一度しっかり話をしないと、とは思っていた。要するに、部屋に彼氏を連れて来たり、セックスしたりするのは、やめて欲しい、という話であるが、そんな話を切り出すのも精神的に億劫だった。

十月、遂に仕事ができなくなった。心療内科に行くと、うつ病と診断され、抗うつ剤を貰った。その薬のせいか、寝ても寝ても寝たりない。トイレに立つだけでもフラフラである。珠緒の彼氏の灰野がやって来て、昼ごはんを差し入れてくれたりした。彼はテーブルに食事の支度をしながら、自分の身の上話を問わず語りにしてくれた。彼の仕事は、動画編集で、ユーチューバーから編集を請け負う仕事であった。母親と二人暮らしだ。

母が居ては家でエッチはできない、というわけか。だからってここを使うな。そうは思うが口には出せない。

食欲がなく、料理の仄《ほの》かな油の匂いだけでウッと嘔《え》吐《ず》く。せっかくの差し入れも、ほとんど手をつけられなかった。

「なんかだるくて。この薬が効き過ぎるのかも知れない。ちょっと減らしてみようかな」

そんな話を彼にした。

彼は毎日ではないが、三日に一度ぐらいの頻度で覗きに来た。ある日、彼が帰った後、爆発的な睡魔が押し寄せてきて、真緒里はかつてない眠りに落ちた。ぼんやり目を醒ますと、灰野の顔がそこにあった。何をしてるんだろう。最初はよくわからなかった。灰野の下半身は裸だった。うわあ、レイプかよ。しかし、それが夢なのか現実なのかすら、真緒里には判らない。困ったことに身体がまるで動かない。一服盛りやがったなこいつ。なんとか一矢報いてやろうと、灰野の顔に唾を吐いた。

ぺっ！

口が渇き過ぎていて、何も飛ばなかった。逆に灰野の唇が自分の唇に覆いかぶさって来た。珠緒は何も知らずにシュークリームを売っているのか。せめてこれが夢であって欲しい。そう思いながら、敢えて自ら再び眠りに落ちようとしたが、何故か目は醒めたままだった。灰野は自分の用が済むと、あちこち証拠を隠滅し、真緒里の下着もきちんと穿《は》かせて帰って行った。それから数時間、真緒里は眠ることができず、とはいえ起き上がることもできず、こんなに眠れないということは、やはりこれは夢なのか？　と訝《いぶか》るうちに、夕方になり、夜になり、珠緒が帰宅した。

「大丈夫？　具合はどう？」

珠緒の顔が見えた。不意に涙が溢れた。

「どうした？」

掠れた声で真緒里は言った。

「ねえ、これって夢？」

「え？　何言ってる？　大丈夫か？」

「大丈夫じゃない」

珠緒の顔を見て少し安心したのか、睡魔が真緒里を襲った。知らぬ間に深い眠りに落ち、それからどのくらい寝ていたか記憶にない。ようやく起き上がれたのが、二日後の日曜の午後だった。珠緒が買い物から帰ってきた音で目が醒めた。

「あ、やっと起きれたね」

「なんかうわ言とか呟いてなかった？」

「うわ言？　言ってない」

「ほんと？　あたし訊かなかった？　これ、夢？　って。そんな夢を見た気がする」

「ああ、それは言ってた」

ということは、あれは夢ではなかったのだ。ひとつの事実が確定した。

「お腹すいたでしょ？　なんか食べる？」

珠緒のその優しい笑顔。自分を心配してくれる彼女の真心。真緒里は、そんな彼女の幸せを守ってやろうと心に決めた。

珠緒が買ってきたプリンを二人で食べた。食べながら真緒里は言った。

「しばらく柚子さんとこに行ってくる」

「え?」

「あっちのベッド広いのよ」

「そうなんだ。じゃあ、そうする?」

何も知らない珠緒が不憫に思えた。真相を言うべきだろうか? いや、ここで言って修羅場になっても。何しろそういうことの一切が億劫だった。真緒里は柚子子にメッセージを入れてみた。

「今から、おうちに行っていい?」

しばらくして、既読がつき、返事が来た。

「いいよ」

珠緒にタクシーを呼んでもらった。珠緒は歯ブラシやタオル、薬などを鞄に詰めて持たせてくれた。その心遣いに真緒里は涙ぐんだ。

西麻布のマンションに着き、部屋番号を押して柚子子を呼び出すと、彼女は下まで迎えに来てくれた。

「珠緒ちゃんから聞いたよ。ずっと寝込んでたんだって？」

柚子子は真緒里の荷物を肩に担いで、真緒里をよいしょと背負ってくれた。部屋につくと、大きなベッドに寝かせてくれた。柚子子のベッドだった。横になるのも初めてだ。雲の上にいるような寝心地だった。まさに自分が天女になった心地だった。

「女を売りたくないって意地張ってたけど、タダで盗まれちゃった」

「どういうこと？」

「絶対誰にも言わない？」

「言わない」

「寝てる間に、珠緒の彼氏がやってきて、なんかされた気がする」

「されたって何を？」

「んー。脱がされたり、キスされたり。顔に唾かけてやったけど、唾出なかった」

「レイプされたの？」

「わかんない」

「わかんないって何？」

「夢かもしんない」

「……夢？」

「でも、夢じゃないと思う」

　涙が頬を伝った。

「珠緒が可哀想」

「うん。……忘れなさい」柚子子は真緒里を抱き締めた。「今は、ゆっくりお休み。そいつには私がしっかりお灸据えておくから」

　真緒里はコクリと頷き、そしてまた眠りに落ちた。

　この日から、真緒里はここに住みつくことになる。トルートも正式に辞めて療養に専念し、だいぶ元気を取り戻した頃には十二月になっていた。

　二ヶ月、働きもせず、完全に柚子子の世話になってしまったが、そんな真緒里に柚子子は相変わらず、天衣無縫論を論じ、暫く遊んで暮らせばいいと言う。

「それは有り難い話なんだけど、そうも言ってはいられない。そこはちゃんとしたいの。この二ヶ月でお世話になったぶんって、いくらぐらい？　ちゃんとお返ししたい」

「そんなの計算してないからわかんないよ」

「んー、じゃあ、ちょっとお金貸して欲しい。タダでなんでもっていうのが、よくないと思うから。五万円ぐらい貸して貰えないかな？」

「五万円？　そんなんでいいの？」

「もちろん！」

真緒里は力強く頷いた。

「お金を借りる立場にしては、態度が強気」

柚子子が苦笑した。

「あ、確かに」

「でも、そんな五万円ぐらいだったら自分で何とかなるでしょ」

「いや、もう二ヶ月無職で、貯金もないの」

その時二人はリビングの、あの大きなソファで会話をしていた。柚子子は少し考えていたが、不意に立ち上がると、書斎に向かった。真緒里も釣られてその後を追った。柚子子は大きな金庫を開け、中から小さなハンディタイプの金庫を出してきて、鍵と一緒にテーブルの上に置いた。

「開けてみて」

鍵を開けると、一万円札の入った封筒が詰まっていた。柚子子がその封筒をテーブルの上に出すと、金庫の底には、通帳とキャッシュカードと印鑑が入っていた。

「あの、五万円ね。それ以上はいりませんから」

真緒里は念を押した。放っておいたら、これをみんな持って行けと言い出しかねない人である。ところが柚子子は意外なことを真緒里に告げた。

「これね、全部あなたのよ。この封筒は、お見舞金。あなたが病気だって言ったら、こんなに集まっちゃった。八百万ぐらいあるわよ。あとこの通帳とカードは正真正銘あなたのものよ」

通帳を開くと、そこには入金の履歴が累々とあり、現時点での残高が一一五〇万円ほどあった。よくわからないが、結局は持って行けということだ。受け取るわけには行かない。真緒里は首を横に振った。

「あたしのじゃないですよ……なんのお金ですか？　これ」

「あなたがいう、パパ活とかギャラ飲みの報酬。あなた要らないって言ってたでしょ？　だから私がずっと預かっておいたの。遠慮しないで。コミッション料で50％は引かせて頂きました」

唖然とする真緒里に柚子子は言った。

「いい加減に気づいてよ。広澤真緒里という天女の価値に。あなたほどの逸材はどこにもいないんだから」

越智柚子子。

西麻布界隈では知られた夜のフィクサーである。明大前のトルートでシュークリームを売る真緒里をひと目見た時から気に入り、居酒屋で接触したのであった。考えてみれば、柚子子があの居酒屋で一人飲みしていたというのは、不自然であった。柚子子はこうした〝天女たち〟を何人も抱え、巧妙にマネタイズして荒稼ぎしていたのである。その後、真緒里は一条逸子に改名し、夜の世界で一躍有名な存在となる。その名付け親は越智柚子子。自分が見出した、一番の逸材、という意味を込めた名であった。逸子は柚子子という師匠からこの世界で天女として生きる術を学んだ。男たちから貢がせた総額は数億円だった。逸子に入れあげて、破産した男は一人や二人ではなかった。

一年後、越智柚子子は突如、引退する。その見た目と遊びっぷりから真緒里は彼女を二〇代だと思っていたが、もうすぐ五〇になるという。真緒里は彼女から市場を受け継いだが、あまり上手くは行かなかった。振り返れば、一番の逸材とは越智柚子子本人であっただろう。その手腕こそ、まさに〝天衣無縫〟。二代目はその足元にも及ばなかった。その寸足らずさから、相次いでトラブルを引き起こし、遂には全国指名手配犯に身を落とす。

余談だが、八王子学園大学の休学期間の期限は三年だった。真緒里が一条逸子になってからも、昨年の三月までは大学生の身分であった。

上京から、今年で丸四年。本当なら楽しい大学生活を満喫しているはずだった。そもそも進学なんかしなければ、帯広の駅ビルで今もソフトクリームを作っていたかも知れなかった。故郷を捨て、東京に移り住んだ真緒里のその後の人生は、かくも数奇なものであった。

イワン

大阪の藤井寺市は古墳の多い街で、地図を見れば、前方後円墳の形がいくつも目に止まる。土師《はじ》ノ里《さと》小学校はそんな街の中にあり、寺石風美《ふみ》は五年二組の担任であった。二七歳。教師になって五年が過ぎた。クラスに岡田健人という、やんちゃな児童がいて、彼が引き起こす数々の問題に、風美は四月早々から手を焼いていた。とはいえ風美はこの児童が嫌いではなかった。彼の家は祖父の代から染物工場で、だんじり祭りの法被《はっぴ》や手ぬぐいなどを手掛けていた。下町の気風を受け継いだ岡田健人。天真爛漫で無邪気な性格。歯に衣着せぬ言葉遣い。それが悲しいかな、近頃の時代には少し合わない。そんな印象を持っていた。

五月半ばのある日、同じクラスの伊藤真弓の風貌を揶揄《やゆ》する心無い発言があったと親御さんから学校に苦情が入った。放課後、風美は岡田くんを音楽室に呼び出した。

「岡田くん、伊藤さんになんて言ったん？」

「なんも」

「魔神ブウってなに？」

「ドラゴンボール」

「どうして伊藤さんが魔人ブウなん？」

「伊藤さん関係ないやん。魔人ブウはドラゴンボールやん」

「そんなアダ名で呼んで、伊藤さんが傷つくことは考えんかったの？」

「伊藤さん関係ないて。魔人ブウいうたらドラゴンボールやろて、そう言うたら、たまたま近くに伊藤さんがおっただけや。伊藤さんの話なんてしてへん」

「しょうもない言い訳して。素直に認めたらええやん。今日は、お母さんにお伝えするから」

「なんでそうなんねん？」

「伊藤さんのオカンが教頭先生に電話したんよ。だからどもならんよね。なんでセンセに電話してくれへんかったんかなあ。センセじゃ頼りなかったんかな」

「そりゃそうや」

「なにそれ、ムカつく」

被害児童とその両親の話を聞けば、確かに彼が悪いということになってしまう。少年に注意もしなければならない。しかし風美が一番心配していたのは、この少年の方であった。教室の中でみるみる孤立してゆくこの少年が、いつかその個性を奪われ、周囲の空気を読みながら生きる人間になってゆくのかと思うと、あまりに気の毒であった。

その後、風美は岡田くんと共に、彼の自宅に向かった。彼の足取りは重かった。母親の雷が怖いのであった。彼の母親の叱り方は、忖度無し。正に雷という言い方がふさわしい。

「なにがいじめなんかようわからん」岡田くんはボヤく。

「いっつも言ってるやろ？　自分がされて厭なことは人にもしたらあかんって」

「アダ名もいじめなん？　俺はエロケンっていうアダ名やけど、全然かまへん」

「男と女じゃちゃうやんか。センセやったらみんなからエロフミって呼ばれたら死にたなるわ」

「じゃあ俺にはわからんわ。俺は女やないから。全然わからへん」

放課後、居残りを命じられ、説教を浴び、それでも済まずに家庭訪問までやられる少年の心中は如何ばかりであろう。風美は内心彼が気の毒で仕方がなかった。

岡田くんがふと立ち止まり、古墳を眺めながら呟いた。

「今日はおらんかなあ、あいつ」

「あいつ？」

「イワン」

「イワン？」

岡田くんは暫くあたりを見回し、そのイワンなるものを探した。

地元の子供たちはこの場所を公園とは呼ばずに古墳と呼ぶ。見た目こそ公園にしか見えないが、正真正銘の古墳だった。津堂城山《つどうしろやま》古墳という立派な名前もついている。藤井寺に数多くある古墳は、隣の羽曳野《はびきの》市の古墳と共に、古市《ふるいち》古墳群といい、２０１９年には、世界文化遺産にも登録された。多くは宮内庁の管轄下にあり、一般人が立ち入ることはできないようになっている。この津堂城山古墳のように、公園として一般に開放されている古墳というのはこの辺りでは珍しい。

風美が岡田くんに訊ねた。

「なに？　イワンって？」

「知らん。女の子や」

「女の子？　なんちゅうたかな？　名前」

「イワン」

「イワン……どこの子？　ウチの学校の子？」

「ちゃう。見たこともない子や」

「ちっちゃい子？」

岡田くんは首を横に振る。

「まああちっちゃい」

「知らん子なん？」

「知らん」

「知らんのになんで名前知っとるん」

「ちゃうて。それはアダ名や。俺らが勝手につけてん」

「勝手につけたんか」

「それもアカンの？　アダ名もいじめなん？」

「イワンって言った？　なんでイワンやの？」

「なんにも言わんからイワンや。何を訊いても喋れへん」

風美は吹き出しそうになった。

「あ。センセ、今笑ったやろ」

「え？　笑ってへんよ。さ、はよ行こう。暗くなってきたやんか。センセかて早よおウチ帰りたいんよ」

岡田くんは渋々歩き出す。歩きながら風美は話を続けた。

「あんた、その子に何を訊いたの？」

「ふつうのコトや。あんた誰？　とか。どっから来たん？　とか」

「どっから来たって？」

「センセ、話聞いてる？　なんにも答えへんからイワンってアダ名付けたって言うたやん」

「あ、そっか。そやったわ」

イワンについての話題はその辺りで途切れた。

岡田くんのお宅には、あらかじめ家庭訪問の旨を連絡していた。岡田くんが「ただいま」と家に入るなり、奥の作業場からまっすぐ玄関に繋がる廊下を電光石火、母親が早足で登場し、巨大な雷を落とした。

「なにやってんのよ！　あんたは！　いっつもいっつも！」

頭めがけて飛んできた母親の平手を、岡田くんは慣れた身のこなしで躱《かわ》すのだった。

風美が二人のこの掛け合いを見るのは三度目である。

「そんなに叱らんでやってください。私は岡田くんがそこまで悪いとは思わないんですが。最近は何かに付けていろいろ難しいですわ。ま、勘弁してやってください」

母をなだめて、お茶と和菓子をご馳走になって、岡田家を出た頃には、あたりはだいぶ暗くなっていた。

帰る道すがら、風美は足を止めた。折しもその場所は岡田くんが足を止めた古墳の前だった。何処からか歌声が聴こえる。子供の声である。誰だろう。岡田くんの言っていたイワンだろうか。

風美は古墳の敷地内に足を踏み入れた。新緑の葉を豊かに茂らせた大きな木がある。それはまるでこの古墳の主のような風格である。歌声はどうもその木の方角から聴こえてくる。風美が歩みを進めてゆくと、歌声が不意に聴こえなくなった。風美が近づいて来たから歌うのを止めてしまったかのようだった。風美は暫くその場に佇《たたず》んで、様子を窺《うかが》っていたが、人影もなく、ただ辺りが次第に暗くなってゆくばかりである。

諦めて帰ろうとしたその矢先、背後で、サササ、と草を踏みながら駆ける足音がして、風美は思わず後ろを振り向いた。小さな人影が走り去るのが見えた。慌ててその後を追いかけたが、逃げ足が速すぎて、まるで追いつかなかった。

誰なんだろう。風美は訝しく思ったが、ここは古墳とはいえ普通の公園である。夕方に子供が走っていたからといって、何ら不思議はない場所ではあった。気にし過ぎだろうか。その周囲はびっしりと住宅が立ち並んでいた。陽が暮れるまで公園で遊ぶ子供たち。そんな日常が、この下町にはまだ少し残っていた。ただそれだけのことかも知れない。風美はいったんそう思うことにして、古墳を後にしたのであった。

しかし部屋に帰っても風美の胸騒ぎは治まらなかった。もし家出した児童が徘徊してるんだとしたら。風美の自宅のアパートは大和川《やまとがわ》沿いにあった。橋を越えればすぐに隣の八尾《やお》市だ。隣の町の児童がこの辺を徘徊すれば、岡田くんたちが見覚えがない、というのも頷ける。勿論自分たちがこの町の子供たちの顔を全部知っているわけではないが。橋の向こうが別な町というのは、見覚えがない、という状況を生み出し易い環境ではあるよな、と風美は考察する。だが今の状況だけでは、家出娘とは決めつけすぎだ。そうは言っても、あの子供の歌声が風美の頭から離れなかった。なんという寂しい、切ない歌声だったろうか。

翌日、教室で岡田くんを見つけると、その子についてもう少し訊ねたい気もしたが、躊躇が勝った。昼休み、教頭に呼び出しを受けた。

「岡田くんのお母さんから電話がありましてね。謝っておられました」

「そうですか」

「まあ、それはそれとして、寺石先生、あなた、彼が悪くないってお母さんに言いはりました？」

「え？」

「なんや、お母さんが、そないなことを言いはってたもんやから」

「あ、はい。お母さんがあんまりキツく彼を叱るものですから、つい」

「いや、そんな話が被害児童の親御さんの耳に届いたら、寺石先生、大変なことになりますから、気をつけてください」

教頭に釘を刺され、いよいよ自分は岡田くんを守ってやれなくなった、そう思うと胸が張り裂けそうだった。なんと非力な教師か。なんと非力な大人か。目に涙が滲《にじ》んだ。

その週末の日曜日、風美は夕刻、近所にあるハニワ堂というスーパーに買い物に出かけた。多くの買い物客が訪れる店内で、ひとりの少女に目が止まった。ハニワ堂の赤い買い物かごを手に、ひとりで買い物をしている。なぜその子が気になったのか。最初は単に、子供がひとりで買い物をしている姿を珍しく感じたせいかも知れない。人混みの中、ひとりで買い物をしている。それは確かに意外と珍しい光景ではあった。その児童の顔……自身の学校の児童だとしたら、まるで心当たりがない。やはり川向こうから来た子だろうか。しばらく様子を見た。その足取り、その腰つき、立ち止まった時の足の形……ダンスかバレエでもやっている子なのかも知れないと風美は思った。クラスにもバレエを習っている子が何人かいて、見分けられるほど独特な立ち姿をしていた。そんな特徴が彼女の足取りにもあった。

ひょっとして、あの子、イワン？

我ながら飛躍しすぎだろうと思ったが、普通の子にしては違和感を禁じ得ない。その子がイワンだとしたら、妙に納得できる自分がいた。

試食コーナーの販売員が彼女を呼び止め、爪楊枝に刺した焼き立てのウィンナーを渡した。その子はそれを受け取って口に入れた。口をもぐもぐさせながら、その子は買い物を続ける。万引でもしそうになったら、自分が保護者のふりをして、代わりに代金を払ってあげよう。そんな妄想を頭の中でシミュレーションしながら、風美は少女の後を尾行する。

しかし少女は普通に買い物客の列に並び、サンドイッチと紙パック入りのフルーツジュースを購入すると、レジを通過した。風美は安堵する。疑って悪かった。風美は買い物を中断して、少女の後を追った。買い物途中のかごを床の上に置き去りにしながら、自分のほうがよっぽど不審者だなと思う。

少女は暫く国道沿いの歩道をまっすぐ歩いていたが、途中から細い路地を曲がり、入り組んだ路地裏を右に左に曲がりながら、あてどもない彷徨《ほうこう》を続け、その足取りも速く、やがて風美はその姿を見失ってしまった。尾行に気づかれて撒《ま》かれたのかも知れないなと思った。やむを得ず風美はハニワ堂に引き返す。買い物が途中であった。置き去りにしたかごはまだあのままだろうか。そんなことを思いながら、しかし、風美は何度も後ろを振り返った。また姿を現してはくれないだろうか。そんな僅かな期待も、その時は叶わなかった。

やはり家出児童か……あるいは、なにか問題を抱えている児童だろうか……。そうでなければいいのだが……。

明くる日の月曜日。図画工作の授業は写生であった。風美は児童を連れて近くの神社を訪れた。子供たちが画板に向き合う中、ひとり狛犬《こまいぬ》のそばで絵筆を動かしている岡田くんに風美は声をかけた。

「ねえ、こないだ話してた子。〝イワン〟って子、どこで会ったの？」

「え？　古墳」

「あそこにいたの」

「うん。……なんで？」

「うん。何回ぐらい会ったん？」

「三回」

「知らん子よね。なんで話しかけたん？」

「ザリガニ釣りしとってん。俺ら」

「俺ら？　誰と？」

「村田と国松と」

「ふーん。あれ？　それで〝イワン〟って子は？」

「あいつ遠くからずっと見とんねん。いつまでも見とるから、一緒に釣りするか？　って誘ったらやってきた」

「一緒に釣りしたの？」

「した」

「釣れたん？」

「釣ってた。うまいねん。めっちゃ釣りよるねん、あいつ」

「それから二回会ったのね」

「あれから二回釣りに行ったからな。二回ともおんなじとこにおった」

「一緒に釣りしたのね」

「うん。釣りにしか行かんわ。あんなとこ」

「じゃ、今度、釣りに行く時教えて」

「センセも来るん？」

「行ってもええんか？」

「ええけど。イワンがおるかどうかはわからんで」

「そん時はザリガニぎょうさん釣って帰るわ」

風美はその日の帰りも、古墳に立ち寄ってみたが、イワンの姿を見つけることはできなかった。

翌朝は妙に早く目が醒めてしまった。彼女のためにお弁当を作ってあげたくなった。いつまたイワンと遭遇するかわからない。不意に出会うかも知れない。そんな時のために。風美はいつもより早く家を出て、古墳に行ってみた。朝6時。この時刻、古墳にはウォーキングに勤しむ中高年の人たちの姿があった。芝生の上を歩き、例の主のような大きな木の前に差し掛かる。あの日はこの辺りで歌声が聴こえていた。しかしイワンの姿は何処にもなかった。人の気配に姿を隠すとしたら、まるで野生動物のようだと風美は思う。

結局、その朝は空振りに終わった。授業が始まってもイワンのことが風美の頭から離れることはなかった。

お弁当。あの木の近くに置いて帰ればよかった。イワンが食べてくれたかも知れなかった。空のお弁当箱が残っていたら、それはイワンが食べたということではないか。そんなことも考えたりした。

帰りにもう一度立ち寄ってお弁当を置いて帰ろう。風美はイワンのために作ったそのお弁当が傷まないように、放課後まで職員室の冷蔵庫に入れておいた。

夕方、大学時代の友人の宮田早紀から連絡を貰った。夕飯の誘いだった。断りきれず、阿倍野でその友人とお好み焼きを食べた。イワンのことが気になって仕方がなかったが、そもそもイワンの存在が気の所為《せい》かも知れないのであった。岡田くんたちが出会った女の子がいたことは間違いないのだろう。だが、その子が町を徘徊していたり、野宿していたりというのはさすがに我ながら妄想に過ぎるとも思うのだ。こんな話を早紀にすると、彼女も真剣にこの話を聞いてくれた。彼女は天王寺で中学の教員をしていた。

「何か違和感があるんやろね。きっと。その岡田くんにしても。だって公園に女の子が一人でいたって全然普通やん。何か普通やないものを感じたんやないの？　風美も、岡田くんも」

そう言われたらそうかも知れない。岡田くんが見た子と、風美がハニワ堂で見た子が同一人物かもわからない。ただ、この小さな町の日常に、どこか異質な存在が紛れ込み、その違和感を、岡田くんや自分は感じているのかも知れない。そんな気にもなってくる。

その時、風美は違和感のひとつの理由に辿り着いた。

「ランドセル」

「ランドセル?」

「ハニワ堂で会った女の子。ランドセルを背負ってたの。日曜日なのに」

「……ランドセル」

「そうなの」

「確かに日曜日なのにランドセルって変やな」

「うん。学校もないのに、どうしてランドセル背負ってたんやろう」

久しぶりのご飯会は結局この話題一色になってしまった。終《つい》には早紀もその古墳に行ってみたいと言い出し、それはまた今度ね、という話にして、その日は早めに解散した。

事が大きくなるのを避けたかった。

道明寺《どうみょうじ》駅の改札を出たのが午後9時過ぎ。お弁当を用意しておいて、こんな時間まで届けに行かなかった自分を責めつつ、風美は古墳に行ってみた。出会わなければいいのだが、という思いもあった。できれば自分の気のせいであって欲しいと。夜空は薄曇りで、街の明かりを受けて幾分か明るかった。そんな夜空に古墳は不気味なくらい真っ黒なシルエットを描いていた。夜のほうが遥かに古墳らしい。その大きな黒い影はいにしえの王か誰かの墓だ。その大きな黒い影、暗い闇の中から、風美は確かに歌声を聴いた。

子供たちが空に向かい　両手をひろげ
鳥や雲や夢までも　つかもうとしている

それは聴き覚えのある歌であった。『異邦人』だ。それにしてもなんという歌声だろう。かつてこんな歌声を聴いたことがない。そう思いながら、気がつけば、自分の頬を涙が伝っている。その歌声に感動したのか、イワンをかわいそうに思ってしまったからなのか、その両方なのか、判然としないまま、風美は胸にこみ上げる感情を我慢できず、啜り泣いた。

『異邦人』が終わると、あたりは静寂に包まれた。風美は忍び足で芝生の上を進み、あの大きな木に辿り着いた。きっとこの木の上にイワンがいる。しかし豊かな葉を茂らせたその巨木の下は闇の中の闇。真っ暗で何も見えない。

鼻を啜りながら、風美はイワンに呼びかけた。

「ねえ、誰かおる？　そこにおるの？」

携帯電話にライトがついていたと、今更ながら思い出す。ライトをオンにして、木にかざし、ゆっくりと木の周りを歩きながら、イワンを探した。

「あ、いた！」

イワンは太い枝と枝の間から、こちらを見下ろしていた。身をかがめ、両足を枝の上に載せ、手はその足元に添えられているだけで、今にも落下しそうで見ていられない。

「うわ、危ない！」

風美は呼びかけた。

「危ないから降りて来て！　お願いだから。あ、ちょっと動かないで！　ちょっとそのままじっとしてて！」

風美はひとり動転してしまったが、イワンは端《はな》から微動だにもしない。

「あなたお名前は？　お姉ちゃん、フミって言うの」

イワンは答えない。

「何処から来たん？　おウチ何処？」

岡田くんの言う通り、イワンはなんにも答えない。それはわかっている。呼びかけるのは、彼女を安心させるのが目的だ。

「言いたくない？　全然喋ってくれへんね。あんなにお歌上手なのにね。お弁当持ってきたよ。よかったら食べて」

イワンは黙ってこちらを見ている。

「ねえ、よかったら、ウチで一緒に食べない？　一緒に食べたいな」

それに応じるかのようにイワンは動き出した。器用に木から降りてくる。

「気をつけて。ゆっくりでいいからね」

地面に着地したイワンの手を風美は握り締めた。その小さな手のひらは冷たかった。

こうして風美は、イワンを無事保護することに成功したのであった。

イワンの手を握りながら、風美は自分のアパートを目指した。途中で逃げ出そうとするのでは？　とも思ったが、イワンは大人しかった。

この子は、一体どこの誰なのか？

風美の頭に最初に浮かんだのは、家庭内暴力の被害児童だった。教師のキャリアが浅いこともあって、風美はまだ一度もそういう児童を受け持ったことがなかったが、他のクラスに一人いて、その担任は相当大変そうにしていた。児童相談所の福祉司と連絡を取り合ったりしていた。

児童相談所か。明日にでも連絡してみよう。

気がつくと、イワンがじっとこちらを見ていた。

「大丈夫だよ。今日はお姉ちゃんの部屋で暖かくして寝ようね」

イワンを自分のアパートに連れ帰った風美はひとまず彼女にシャワーを浴びさせた。服を脱いだイワンは、身体じゅうが痣《あざ》と傷だらけである。間違いない。誰かから暴力を受けたのだ。風美は思った。父親なのか、母親なのか、母親の新しい連れ合いなのか。

こんな小さな子にこんなことができる人間がいるなんて。怒りと悔しさで涙が溢れた。

そんな風美をイワンは心配そうに見ている。

「ごめん、ごめん、これ痛かったでしょ？　可哀想やわ。誰がしたん？　こんなこと」

勿論イワンは何も答えない。

「シャワー沁《し》みるかな？　沁みたら嫌やね。沁みたらすぐ言ってな」

そう言いながら、風美はイワンの身体にシャワーを当てて、恐る恐る洗ってあげた。

イワンは痛くはないのか、ずっと大人しくしていた。

シャワーが済むと、風美は朝に拵《こしら》えたお弁当は諦め、冷蔵庫の中の有り合わせを調理した。ハンバーグやウィンナーでもあればよかったが、ダイエットを気にしている風美の冷蔵庫には豆腐や海藻サラダのようなものしかなかった。卵も切らしていた。近くのコンビニまで買いに出てもよかったが、目を離した隙に逃げられるのが怖かった。野菜を切って炒め、豆腐を混ぜて、急場を凌いだ。イワンは黙々と食べ、またたく間に全部平らげてしまった。

「あ、カレーのルーがあった。カレーにしてもよかったね。豆腐カレー」

イワンは無反応である。確かに岡田くんがイワンと名付けたことはある。

「アイスクリームもあるけど食べる？」

風美がそう訊ねてもイワンは何も答えない。それでも出してあげれば、一生懸命スプーンで掬《すく》って口に運んだ。

「美味しい？」

この質問には僅かに頷いてくれた。

布団を敷いて寝かせると、イワンはすぐに目を閉じたが、なかなか寝付けないのか、時々目を開けてこちらを確認する。

「あ、お姉ちゃんが邪魔か」

そう言うと、イワンはつないでいた手をギュッと握りしめた。傍にいて欲しいということか。

「大丈夫。ずっとここに居てあげるからね」

それで安心したのか、イワンは目を閉じた。その可愛らしい寝顔を見ながら、風美は思う。絶対に家には帰せない。この子は私が守ってあげる、と。

身元を調べるために、風美はイワンのランドセルを開けることを思いついた。教科書やノートに名前ぐらい書いてあるだろうと。家の連絡先が見つかるかも知れない。暴力を振るうような親に連絡する気はないが、どういう家なのか調べる手がかりにはなるだろう。ああ、でも、その親は警察に連絡してるかも知れないなあ。捜索願を出しているかも知れない。だとしたら、警察には報告した方がいいのだろうか。いや、しない方がいいのだろうか。警察には家庭内暴力の被害児童だから、そこは守ってあげてくれと言えば守って貰えるものなのか。いや、そもそも、そういう相談は児童相談所にすべきだろうか。

そんなことをあれこれ想いながら、イワンが完全に眠ってしまうのを待った。握っていた小さな手が離れたのを見計らって、風美は布団から離れ、イワンのランドセルに向き合った。外観からして、だいぶ汚れている。かぶせをめくり中を見る。その汚れ方は異様であった。ドブ川にでも落とされたのだろうか。ボディにネームカードがついていた。透明なカバーの間に水が入り込み印字された活字は見て取れたが、手書きで書いたであろう個人情報は、インクが滲み、殆ど読めなかった。こんな具合である。

学校名：不詳
学年・組：不詳
名前：不詳
血液型：不詳
保護者：呼子（名字は読み取れず）
アレルギー：カキ
緊急連絡先：不詳

牡蠣アレルギーと、保護者名。名字は消えていたが、下の名前だけは辛うじて〝呼子〟と読めた。発音は〝よぶこ〟だろうか。今はわからない。恐らく母親だろう。

ランドセルの中からは、折りたたんだ衣類がいくつか出てきたが、それはさほど汚れてはいない。自分で洗って乾かしたりしていたのだろうか。そんな様子である。ノートが出てきた。やはり泥をかぶったような滲みに覆われている。名前の欄にあった文字が辛うじて読めた。

小づかる花

小学生が学校で習った漢字だけを漢字使いにする手法だ。風美にとっては日常的に馴染みのある表記法だった。〝小づか〟は〝小塚〟だろうか。る花は〝留花〟なのか、〝瑠花〟なのか。〝るか〟という名前であれば、カタカナ表記も考えられるが、〝花〟という字を当てているということは、〝る〟にも漢字が当てられていたのだろう。

ランドセルの底から白い紙の断片が幾つか見つかった。並べてみると、どうも薬局の袋のようである。

日向町薬局
０２２５－ＸＸ－ＸＸＸＸ
ザイザル錠2.5mg　１回１錠　１日２回

読み取れた情報はこれだけだった。ザイザル錠をネットで調べるとアレルギー性鼻炎の薬だった。花粉症のために処方されていたのかも知れない。そんな薬を与えられていた、というのが少し意外ではあった。彼女の親は、この子をちゃんと耳鼻科に連れて行って、この薬を処方して貰ったということだろうか。そんなことをふと思いながら、しかし風美はそれよりもっと気になることがあった。日向町薬局０２２５…電話番号の市外局番だろうか。大阪は06である。東京は03だ。神戸は０７８だったか…。風美はネットで検索してみる。

市外局番　０２２５

出てきた地名に風美は息を呑んだ。

宮城県：石巻市・登米市（津山町、豊里町）・東松島市　牡鹿郡

二ヶ月前の震災の被災地ではないか。彼女は被災地からやって来たのか？

風美は〝日向町薬局〟を検索してみる。石巻に同じ名前の薬局があった。

〝石巻〟と〝小塚る花〟で検索してみる。石巻には成田小塚という地名があって、それが引っかかってくる。成田小塚の園芸店が並ぶ。風美はSNSも検索してみる。小塚というアカウントは膨大にあり、石巻在住を探してみたが、該当者が見当たらない。いろいろ探し回るうち、気になる投稿を見つけた。

なつ　@natsu　2011/03/12
石巻白百合女子高校の二年生、
小塚希（こづかきりえ）を探しています。
　僕の大切な人です。

震災直後、こうした人探しの投稿がSNSに溢れ返ったことを想い出した。

……石巻の小塚希《きりえ》さん。〝希〟と書いて〝きりえ〟と読むらしい。

検索にかけてみる。〝小塚希〟〝こづかきりえ〟〝希〟〝きりえ〟様々なパターンを試し

てみる。〝きりえ〟と打ったら、切り絵に関する情報がわんさか出てきた。色々試すうちに、何故か教会がヒットした。石巻日向町教会。風美は直感的に因果関係を感じた。ルカという名前。キリスト教の福音書のひとつにルカの福音書というのがあった。そういえば母親も呼子であった。読み方が「よぶこ」だとしたら、旧約聖書に『ヨブ記』というのがある。こういう所から名前を付けるケースは少なくない。かつての教え子にルツ子という子がいたがやはりクリスチャンで、これも旧約聖書の『ルツ記』から取られた名前であった。〝きりえ〟という単語は知らなかったが、何かそちらに関係した意味があったりするのだろうか。風美は試しに〝きりえ〟をカタカナにして検索してみる。

〝キリエ〟

切り絵の情報は途端に消えて、代わりに〝キリエ〟なる単語の意味を説明する様々なサイトが画面を埋め尽くした。

キリエ（Kyrie）

「主よ」を意味する。

「キリエ」（「キリエ・エレイソン」）はキリスト教の礼拝における重要な祈りの一つ。

憐れみの讃歌と呼ばれる。

やはり、キリスト教に関わる単語であった。石巻からやって来た小塚〝ルカ〟という女の子。その母が〝呼子〟。そして、石巻の高校生、小塚〝キリエ〟。単なる偶然だろうか。

姉妹？

そんな気がしてならなかった。

風美は改めて、〝なつ〟という人のアカウントページを開いてみた。そのタイムラインを見て息を呑んだ。この人が小塚希さんの消息を血眼になって探している状況が見て取れた。一日に五回も六回も、彼女を探す投稿を繰り返していた。しかもその投稿は、毎日続き、風美が見たこの日も、新たに二回投稿を更新していた。風美はこの膨大な投稿をスクロールしてくまなくチェックした。そこに紛れて何か他の情報はないだろうかと。まずは3月11日付近まで遡《さかのぼ》り、そこから順番に見て行くことにした。捜索に関するツイートは震災当初、別な人から始まっていた。

なつ　@natsu　2011/03/11
潮見外科の院長、潮見加寿彦を探しています。
なつ　@natsu　2011/03/11

宮城野大学の文化人類学特任教授、マーク・カレンを探しています。
なつ　@natsu　2011/03/11
潮見外科はどうなったでしょうか？　どなたかご存知だったら教えて頂けますか？
なつ　@natsu　2011/03/11
石巻海陽高校の、吉田淳司を探しています。どなたかご存知ないですか？
なつ　@natsu　2011/03/11
石巻高専の、小野寺隼人を探しています。ご存じの方はおしらせ下さい。
なつ　@natsu　2011/03/12
潮見外科、浸水を免れているようだという情報を頂きました。
@あやねさん、こんな状況下で、ご報告ありがとうございます。
心より感謝致します。

なつ　@natsu　2011/03/12
潮見外科の院長、潮見加寿彦、
宮城野大学の文化人類学特任教授、マーク・カレンの無事が確認できました。
なつ　@natsu　2011/03/12

石巻白百合女子高校の二年生、
小塚希（こづかきりえ）を探しています。
僕の大切な人です。

震災から日が変わって、3月12日の投稿であった。そこに風美は少し違和感を感じた。小塚希さんの捜索が、なにか後手に回っているかのような、そんな印象を抱いた。何か躊躇する理由でもあったのか。ひょっとしたら、片想いの相手だったのでは？　だとしたらあまり知られたくないのも頷ける。風美の妄想はどんどん膨らみ、しばしこの〝なつ〟という人と小塚希という女子高生のラブストーリーに想いを馳せたが、そうした人たちの秘めた想いすら、津波は容赦なく飲み込んでしまったのかと思い至ると、今度は胸が張り裂けそうになるのであった。
なつの震災前のタイムラインを見てみる。彼はさほど熱心な投稿者ではなかったことが判る。

なつ　@natsu　2010/06/14
ブブゼラ・・・。蜂の巣の中にいるみたい。

なつ　@natsu　2010/06/14
ホンダ！

なつ　@natsu　2010/06/25
ホンダ持ってる！

6月にはワールドカップに関するコメントがちらほらと。ブブゼラはアフリカの民族楽器で、応援の時に観客席からこの音が鳴り止まず、話題になった。蜂の巣の中とは言い得て妙だ。ホンダは本田圭佑選手のことだろう。6月14日対カメルーン戦、25日対デンマーク戦で一点ずつ取った。

なつ　@natsu　2010/06/30
宮城野大キャンパスに足を踏み入れる。来年の今頃は必ずここにいる。僕の絶対に負けられない試合。

なつ　@natsu　2010/08/13
久しぶりの石巻。やっぱここが俺の故郷って気がする。生まれは仙台だけど。

なつ　@natsu　2010/12/24
ずっと受験モードだったけど、今日からは更にギアを上げて集中する。

どうやら受験生のようだ。深読みするなら6月30日は日本代表が決勝トーナメント初戦でパラグアイと0対0のままPK戦にもつれ込み、敗北を喫した明くる日である。そんな熱き戦いを観て、興奮冷めやらぬまま、自身が目指している大学のキャンパスを訪れ、気持ちを引き締めたのかも知れない。


朝になり、風美が朝ごはんの支度をしていると、その気配に気づいて目を醒ましたイワンが布団から起き出して来た。

「おはよ、よく寝れた？」

イワンは小さく頷いた。

「あなた、お名前は、ルカちゃん？　ルカちゃんでいいの？　合ってる？」

イワンはまた小さく頷いた。

これでイワンの本名が〝小づかる花〟であることが確定した。もはや、彼女を〝イワン〃と呼ぶ必要はないだろう。ここからは彼女を〃ルカ〃と呼ぶことにしよう。風美はルカにこんな作り話をした。

「きのう夢の中にね、ルカちゃんが出てきて名前を教えてくれたの。ほんとだよ」

ルカは少し驚いた顔をしている。

「お母さんはよぶこさん？」

またしてもルカは頷く。いい調子である。風美は遂にひとつの謎解きに挑む。

「ね、ルカちゃんに、お姉ちゃんいる？」

ルカはすぐに頷いた。風美の胸は高鳴った。

「ほんとに？　ね、そのお姉ちゃんって、白百合女子って高校に通ってた？」

ルカは頷いた。

「キリエさん？」

ルカは大きく頷いた。

「凄い！　全部ルカちゃんが教えてくれたんだよ。夢の中で」

ルカは大きく何度も頷いた。口元に僅かに笑みすら浮かべている。

「ボーイフレンドとかいたんかな？」

ルカはこれにも頷いた。ランドセルから筆箱を取り出し、スケッチブックの片隅になにか書いて見せる。

〝フィアンセ〟

その単語は予想だにしていなかった。風美は思わず吹き出してしまった。

「フィアンセ？　フィアンセやったん？　その人」

そう聞き返しながら、風美は大事なことに気づいた。筆談という手があったのだ。これでルカと会話ができる。

「その人、なんて名前かわかる？」

ルカは紙に〝なっちゃん〟と書く。

「なっちゃん！」

風美は小塚希を探していた人物のアカウント名〝なつ〟を想い出す。

「ちゃんとした名前覚えてない？」

ルカはそこで初めて首を横に振った。

風美は早速その人物に連絡してみた。幸いにもなつはDMのアクセスをフリーにしていた。小塚希の情報を集めるために敢えて開放していたのだろう。

風美　@fumifumi_1984

はじめまして。

こづかるかさんという女の子をご存知でしょうか？

返事はすぐに返ってきた。

なつ　@natsu
知ってます。小塚希の妹です。

風美　@fumifumi_1984
私、大阪藤井寺で小学校の教師をやっている者ですが、今、自宅でこづかるかさんを保護しています。

なつ　@natsu
お電話いただけますか。XXX-XXXX-XXXX

風美はさっそくこの番号に連絡してみた。
「あ、もしもし。あの、先程メッセージ送らせて頂いた者ですけど」
「あ、どうも。生きてたんですか？　ルカちゃん！」
電話越しの相手の声は震えていた。

「はい。とっても元気です」

「よかった。今から行ってもいいですか？」

「こちらにですか？」

「はい。すぐ行きます」

「すぐって、今どちらですか？」

「今は石巻です。最寄り駅は？」

「近鉄の道明寺駅です。わかりますか？」

「何とか辿り着きます。新大阪に着いたら連絡します。大至急行きます」

「あ、お気をつけて」

「はい、では後ほど」

「あの」

「はい？」

「私は、寺石と申します」

「あ、すいません。僕は潮見と言います」

「〝なっちゃん〟さんで、間違いないですよね」

「〝なっちゃん〟……あ、そうです。夏彦と言います」

「ルカちゃんが、そう呼んでました」

「そうですか」

　夏彦はしばし沈黙した。何か想い出すことがあったのだろう。スピーカー通話にしていたので、このやり取りはルカも聞いていた。風美はルカに呼びかけた。

「ルカちゃん、お兄ちゃんと話す？」

　それを聞いた夏彦が声を上げた。

「そこにいるんですか？　るっちゃん！　るっちゃん！」

　ルカの口が僅かに動いた。見る見る目にいっぱい涙が溢れ、風美も涙を誘われた。だが結局ルカは何も話せなかった。

「ごめんなさい。なんかちょっと緊張してるみたいです」

「そうですか」

「では、お待ちしております」

「はい。連絡します」

　電話を切った風美は何かを思い出し、声を上げた。

「あ、ごめん！　朝ごはん食べよう！」

　朝食の支度がまだ途中であった。

　ルカに朝ごはんを食べさせながら、風美は携帯で東北方面の路線を調べる。東北新幹線は四月の末に全線で運転再開したという記事が出てきた。石巻から仙台までの路線は仙石線《せんせきせん》といい、高城町《たかぎまち》駅の先から石巻駅までが不通になっていた。その情報を夏彦に送ると、「仙台までは車で行きます。そこからは新幹線で。新大阪には夕方頃着くと思います」という返事が返ってきた。そう言えば、夏彦は電話でも新幹線の大阪の駅を即座に新大阪と答えていた。大阪に少し地の利がある人なんだろうか。石巻から遥々大阪にやって来たルカ。そして新大阪駅を知っている〝なつ〟こと潮見夏彦。そこにはどんな背景があるのだろう。

風美は有給休暇を取ることを思い立ち、教務主任に電話を掛け、ひとまず三日間の休暇を申し出た。ルカのことを伏せるために、体調不良を理由にさせて貰った。

「どんな具合やのん？」

「たぶん風邪やと思いますけど、熱が三九度ぐらいありまして。なかなか下がってくれへんのですよ」

「おお、それは大変やな。まあ、ゆっくり休んでや」

仮病は後ろめたかったが、今迂闊《うかつ》に本当のことを喋って大ごとにはしたくなかった。

ルカにも改めていろいろと質問した。筆談による辿々しい対話の中で、ルカの放浪生活の全貌が少しずつだが、わかって来た。野宿をしているのに、身なりがそれなりに綺麗だと思ったら、衣類は公園の水道で洗濯し、あの根城にしていた木の枝にかけて干すのだという。雨の日も木の上は過ごしやすく、傘を枝と枝の隙間に引っ掛けて雨だれをしのげば快適だったという。あんなところで寝ていたら蚊に襲われるだろうと訊くと、蚊には刺されなかったという。季節的に繁殖期前だったからなのか。そこは定かではなかった。

お金は多少持っていた。石巻の避難所にいた頃、時々家に帰り、散乱した部屋から必要なものを調達し、その中から現金も見つけたようだった。

日中は家にいて、母や姉の帰りを待ったという。夜になると寒くて居られず、また避難所に帰る、という生活を送っていたそうだ。ある日、避難所に物資を運んできたトラックに大阪ナンバーの車があるのを見つけ、荷台に紛れ込んでここまで来たのだという。

こちらに来てからは、昼間は街を歩き回り、教会を見つけると、中に入った。時々、炊き出しをやっていて、食事にありつくことが出来た。

生活資金を自分で稼いだこともあった。路上で歌い、投げ銭を得たのだそうだ。とある路上ミュージシャンと仲良くなり、一緒に歌っていたら、お小遣いを貰えたというのだ。だが、その人は警察に捕まってしまったのだそうだ。小さな子を連れ歩いて、歌を歌わせていたら、警察から職務質問ぐらい受けそうだと風美は思った。逮捕現場にいたルカは走って逃げた。そのミュージシャンがその後どうなったのかはわからない。ただ、その時学んだ方法をルカはその後も実践した。人の多そうな場所で歌を歌った。きっと繁華街や公園のことだろう。だが道行く人がルカにお金をくれたことはなかった。確かに小学生がひとりで歌を歌っても、投げ銭をしようと思う通行人はいないかも知れない。だが、拍手はいっぱいもらったという。いっぱいの人からいっぱいの拍手を。多くの通行人が足を止め、彼女の歌を聴き、その歌声に感動して惜しみない拍手を彼女に送ったのだろう。風美はそんな光景を想像して胸が一杯になった。

歌は歌えるのに、何故話せないのか？　という質問もルカに投げてみた。だが、それは本人にもわからないようだった。

震災のこともそれとなく訊いてはみたが、言いたくないというよりは、あまり憶えていないようだった。それほど強烈な体験だったということだろうか。高い木の上に登ったが、降りられなくなって、知らないおじさんに降ろしてもらった、とルカは言う。その様子を絵に描いてくれた。その絵を見る限り、どうやらクレーンのような重機で救出されたようである。

そんな所にどうやって登ったか訊いても、ルカは憶えていないという。

〝る花〟の〝る〟の字は〝路〟という字であった。〝小塚路花〟。

なんという皮肉な名前だろうと風美は思う。彼女が遭遇したルカは、まさに路上の花ではなかったか。

新大阪に着いた夏彦からメッセージを受け取ったのが午後2時過ぎ。風美がルカを連れアパートを出ると、外は雨模様だった。二人は道明寺駅で夏彦の到着を待った。小豆《あずき》色の電車がホームに到着し、改札を潜ってあたりを見回す青年の姿があった。

風美は幽霊を見たような気がして、一瞬背筋が寒くなった。生気のない、青白い顔をした細身の男性だった。夏彦は風美たちに気づき、会釈する。風美も会釈を返しながら、ルカに「あの人?」と問う。ルカは頷く。

夏彦がゆっくり近寄ってくる。足早に追い抜いてゆく帰宅者らに先を譲りながら。

「久しぶり」

夏彦はそう言ってルカに歩み寄った。意外にもルカは夏彦を怖がるように風美の陰に隠れた。しかしその表情を見ると、照れくさそうではあったが、嬉しそうでもあった。

「改めまして寺石です。遠いところから大変でしたでしょ」

「はじめまして。潮見夏彦といいます」

改めて間近で見る彼は、どういうわけだろう、細身ではあるが、日焼けした健康的な若者であった。見間違えたか。伸ばしっぱなしの毛髪が角度のせいで、変な具合に見えたのかしら、と風美は訝った。

風美は夏彦を現場に案内した。風美がルカを保護したあの場所。古墳である。

その道すがら、夏彦は近況をこのように語った。

「今は石巻でボランティア活動をしてます。大学には合格したんですけど、阪神大の医学部。でも震災で郷里があんなことになってしまって。とてもじゃないけど、進学なんかできませんでした」

「そうだったんですか。偶然ですけど、そこ私の母校です」

「この近くですよね」

「ええ。あの山の向こう側で」

　風美はその方角を指差した。

「ルカちゃん、前から話ができないんですか？」

「いや、喋ってましたよ。普通に」

「え？　そうなんですか？」

　震災によって言葉を奪われたということなのだろうか。風美は思わずルカの肩に手をかけ、傍に引き寄せた。

　風美は夏彦をあの木へと案内する。

「この木の上にいたんですよ」

「え？　こんなところにいたんですか」

「木の上が安全だと思ってるのかも知れませんね。震災当時、木にしがみついてたところを助けられたそうです。自力でそんな所まで登ったのか、流されて、その木の枝にしがみついて一命を取り留めたのか。本人は全然憶えてないようで。避難所で大阪行きのトラックを見つけて、それに乗ってここまで来たんですって」

「なんか不思議な話ですね」

「そうなんです。記憶がちょっと断片的で……ね。あんまり憶えてないのよね」

ルカは小さく頷いた。

「僕が大阪の大学に行くって、お姉ちゃんに聞いたのかな？」

夏彦はルカに直に訊いてみた。

「それで大阪に来たの？」

ルカは恥ずかしそうに頷いた。

「そうか。それは悪いことをしたなあ」

それからルカは木登りを始めた。器用にするすると登ってゆく。

「気をつけてね！」

風美は落ちないか心配で目を離せない。

「彼女に会うのは、今日で二回目なんです」と夏彦。

「え？　そうなんですか？」

「はい」

「ルカちゃんがね、あなたのことお姉ちゃんのフィアンセだって」

「結婚の約束をしてました」

「あ、ほんとだったの。あなた当時まだ高校生でしょ？　結婚なんか早すぎると思ったけど」

「まあ、いろいろありまして……」

「訊いてもいいのかな？」

「はい。でも、どこから話せばいいか」

「どこからでも。好きなように」

戸惑いながら夏彦は自身の事を語り始めた。好きに話せと促したはいいが、彼の話は実にとりとめもなく、いったいどこに向かって話が進んでいるのか、風美も最初は理解できず戸惑った。だが、その話をすべて聞き終えてみれば、それは紛れもなく彼、潮見夏彦と小塚希との数奇な物語なのであった。

潮見家の一族

潮見家の始祖は潮見慶太郎という、明治時代、船から陸への荷揚げを生業《なりわい》とした人物であり、その出自は不明だ。一代で名士にまで上り詰めた傑人であり、わかりやすく言えばやくざの親分であった。三代目、宋太郎の代は、潮見家が最も繁栄した時代だった。宋太郎が知人を介して面倒を任された医学生が、安井夏彦。やがて宋太郎の長女と結婚し、潮見家に婿入りした。潮見外科医院の初代院長である。夏彦という名はこの人物から受け継いだ。名付け親は祖父の貞彦である。孫に創始者の名前を与えることで、病院の未来永劫の繁栄を願ったのだろうと夏彦は推測する。

戦後、潮見一族は斜陽の一途を辿り、今では全盛期の面影はなく、唯一の例外が、夏彦に至る外科の一族だった。

血縁に対する強いこだわりと同時に、血縁に対する極端なまでの無関心。このアンビバレントなマインドが潮見家全員に共通する特徴であると夏彦は分析する。そしてその無関心は特に弱き者へと向かうのだと。

夏彦は幼少期、この一族の無関心に晒されて生きて来た。

貞彦とその妻・克子《かつこ》の間には、一男一女がいて、長男加寿彦《かずひこ》は後継者として医師になり、長女の真砂美《まさみ》は大学時代から仙台のタレント事務所に所属。卒業して十年ほどは、FM局のパーソナリティーなどをしていた。そこで知り合ったラジオディレクターの細井崇史《たかし》と結婚。崇史が潮見家に婿入りする形で二人は入籍した。

そして生まれたのが夏彦であった。

真砂美は育児に全く興味がなかった。夏彦の養育を母親に任せて、自由奔放に生きて来た。おかげで夏彦は、仙台の親許から引き離され、中学まで石巻の祖父母の家で暮らすことになった。母の代わりに慕っていた、祖母克子も、子育てにそこまで興味のある女性ではなかった。

そんな克子も2003年に亡くなる。夏彦が十歳の時だった。

それ以降の夏彦に愛情を注いでくれたのは、家政婦であり、実家にも出入りしていた看護師たちであり、祖父の愛人たちであった。だが彼女たちの愛情が本物の愛情であったのかどうかはわからない。要するに適切な愛情を得られなかった少年は、擬似的な愛でもいいからその愛に縋《すが》りたかったのかも知れない、と夏彦は自らを分析する。

院長の貞彦が、2008年に亡くなり、真砂美の兄、加寿彦が、後を継ぐ。その加寿彦は院長に就任した直後に、突如カミングアウトして周囲を驚かせた。ニューヨークの出身で、宮城野大学文化人類学特任教授、マーク・カレンという人物と同棲生活を始めたのである。院長となり、病院の実権を握った途端のカミングアウトをクーデターと呼ぶ者も居た。

ともあれ、こうなると、夏彦が潮見家に残された唯一の、「……種馬……というか」と、夏彦は自らを自虐的にこう表現した。一人っ子の彼がいずれ医者になり、家族を増やすことでしか、潮見家と病院存続の道はない、ということになってしまったわけである。

だが本音を言えば、彼は、医者になりたいと思ったことはかつて一度もなかったのだという。子供の頃に祖父の書斎で見た学術書の写真が大きなトラウマになっていた。グロテスクな臓器の写真だったり、腫瘍の写真だったり、死体の写真だったり、ひとつとして気持ちのいい写真はなかった。祖父は何という気味の悪い仕事をしてるのだろうと思った。それ以来、できることなら医者になんかなりたくないと思いながら、生きて来た。

この一族の中では特に抜きん出た才能もなかったが、巷の学校に通うと、スポーツ万能、あらゆる方面に天賦《てんぷ》の才能。特に学業においては別格、成績は常に学年トップという現象に見舞われる。

高校は石巻を離れ、両親と同居して、仙台の進学校に通った。ようやく親子水入らずとなったわけだが、その水に馴染めない自分を常に感じていた。

ここではないどこか、自分ではない誰か、今ではないいつか、そんな妄想に身を委ねながら、今を浮遊する虚無な自分。気がつくとそんな自分を詩《ポエム》にしたり、歌にしたりするようになり、音楽好きな連中とバンドを作り、秋の文化祭ではステージの上で青春の虚無を歌い上げ、それでも満足感は得られぬまま、浮遊するまま、冬の全校マラソン大会では容易《たやす》く優勝してしまう。

何をやってもうまくゆく。しかし何をやっても満足できない。医業というゴールだけが、ブラックホールのように存在し、そこに吸い寄せられるひとつの小さな恒星だか、それにぶら下がってる惑星だかが自分自身という存在であり、いつか消えてなくなるその星が、儚《はかな》くも見ている夢が、この学園生活なのだ。

夏彦は自身をそういうイメージで捉えていたのだという。

それにしても、こんな話を長々として、なかなか本題に入らない夏彦に、風美は彼の心情を思わずにはいられなかった。三月の震災から、まだ僅か二ヶ月。彼が語る彼自身の過去の人間関係や町の景色。それが今、どういうことになっているのか。それを思うと胸が苦しくなる。

やがて夏彦は風美に去年の夏の話を始める。

「高三の夏休みも、受験勉強に明け暮れてました。本当はそのまま二学期を迎える予定だったんですが。お盆の時期になって、両親に付き合って石巻の実家に帰省しました。気晴らしのつもりだったのか、今思い返すと、特に理由もなかった気がします」

八月十三日、迎え盆。

親族が一堂に集うと、皆で羽黒山の菩提寺で墓参りをして、その後、祖父母の残した潮見邸に移動し、そこで宴会となった。

その席で、夏彦は伯父の加寿彦と宇宙の話をしたという。幼少期の想い出話から、夏彦が加寿彦から地球が丸いと教えて貰った時のことを想い出し、そんな流れから、話は宇宙の始まりにまで発展した。

「宇宙の始まりはビッグバンだろ？　ビッグバンの膨張率ってのはさ、昔より今のほうが大きくなってんだよな。この膨張率ってのはこれから更に大きくなってゆくんだよ。ダークエネルギーはお互いを遠ざける方向に作用する。星と星はお互いにもっともっと遠ざけられて、銀河は銀河でいられなくなるし、人間も、人間ではいられなくなって、生物を形成していた原子や分子でさえ、バラバラ。電子や中性子ですらバラバラ。まさに、雲散霧消。宇宙から、すべてが消えてしまう」

「その頃には地球も太陽系もきっともうないけどね」

と、マークさん。加寿彦のパートナーである彼は、皆からマークさんと呼ばれ、誰からも愛されていた。

「確かに。ま、これが宇宙の終わりっていうね。あれ？　なんでこんな話になったんだっけ？」

「地球は丸いって話から」と夏彦。

「ああ、そうか」

途中から話を聞いていた真砂美が、想い出を語り始める。

「そういえば……夏彦がちっちゃい頃さ、お兄ちゃんから地球は丸いって話聞いてさ、泣いちゃったよね」

「いやだから、その話してたんだよ」と夏彦。

「あ、そうだったのね。夏彦、地球が丸かったら、下にいる人が落っこっちゃうじゃんって言い返してね。そしたらお兄ちゃんが、俺たちは今下にいるぞ、落ちるぞって脅かしたら、泣いちゃったのね」

「憶えてないなあ」と加寿彦。「夏彦はよく憶えてるな」

「忘れないですよ」と夏彦。「あの瞬間に物心つきましたから」

「いくつだい？」

「三歳でした」

「ね、お盆ってさ……どうしてお盆って言うの？」

真砂美が不意にこんな疑問を、誰とは無しに投げかけると、加寿彦が答える。

「ほんとは盂蘭《うら》盆会《ぼんえ》って言うだろ。語源はサンスクリット語じゃなかったか？」

「それを略してお盆なのね」

「ペルシャ語って説もあるね」

マークさんが口を挟む。

「へえ。マークさん詳しい」

「最近ちょっと調べてみました。お盆について。いろいろ調べてたら、ちょっと怖くなりました」

「なにが？」

「毎年みんな、なんとなくでやってますけど、幽霊を召喚する儀式ですよこれ。それを考えるとちょっと怖くないですか？」

「いやあ、確かにほんとに幽霊が現れたら怖いですよ」

夏彦の父、崇史は戯《おど》けた素振りで、部屋を見回しながら怖気《おぞけ》を震ってみせる。そんな亭主にお酌をしながら、真砂美が言う。

「あたし別に怖くないよ。おじいちゃんおばあちゃんとかなら」

一同は我知らず亡くなった祖父母の遺影に視線を送る。

「そういえば、この家、売りに出すそうですね」と崇史は改めて部屋を見回す。

「いや、まあ、どうしようかなと。いつまでも空き家にはしとけないし」と加寿彦。

「築何年ですか？」

「一九三〇年代に建てられたっていうから、そろそろ八〇年ぐらい経ちますかね」

「いやあ、売っちゃうのも、もったいないですよね」

「僕は住んでみたいけど」とマークさん。

「冬は寒いわよ？」と真砂美。

夏彦は思わず口を挟まずにはいられない。

「残しといてよ。将来、自分で住みたい」

「おお、そうか。じゃあ、まずは立派な医者になってからだな。立派に稼げる医者にな」

加寿彦が皮肉めいたことを言う。

「夏彦さんはこの家に思い入れがあるんじゃないですか？」とマークさん。「この家で育てられたんですよね」

「夏彦はおばあちゃんっ子だったからね。おばあちゃん死んだ時は、めちゃ泣いたよね。あたし、もらい泣きしちゃった」

そんな真砂美の話に大人たちは大いに笑うが、夏彦には一体何が可笑《おか》しいのか、全然わからないのであった。

夕方になると、夏彦の中学時代の同級生たちが遊びに来た。未成年の癖にビールやワインを持ち込んで、夜遅くまでくだらない話に花を咲かせた。吉田淳司は地元の高校の野球部のキャプテンだった。森本和典は東京の高校に転校して東大を目指していた。

「あの頃は、夏彦が劉備玄徳《りゅうびげんとく》で、諸葛孔明《しょかつこうめい》で、そして俺が関羽《かんう》で吉田は張飛《ちょうひ》だったかな」

三国志好きの森本は、そう言って往時を懐かしんだが、三国志を読んでない吉田にはなんの事やら、であった。むしろ自分たちをヒーローのように自惚《うぬぼ》れる旧友たちに説教を始める。

「オメらなんてさ、そんな風にしか人間を見ないわけだべ。つまりな、このワインなわけさ。親からくすねてきた、このワインさ。高校生の分際で飲むワインではないべさ。どんだけ高げワイン飲んでんのっしゃ。人間の価値なんてそんなもので決まるもんでねべ？」

何やら要領を得ない話で夏彦は困惑したが、何か痛いところを突かれた気はした。

「オメは医者になるんだべ？　だったらそんな了見で人間とつきあっちゃだめだべ。もったいねえべさ。いろんな人間がいるのにさ、高いワインしか飲まないなんてさ。まあ、ここにいる中じゃ、オレだけ安いワインかも知んないけどさ。コンプレックスあんのよ。オレだって。オメらみんな石巻離れてさ、東大目指したり、宮城野大目指したりしてさ。

オレは野球部でキャプテンやってるッツったってプロのスカウトが観に来んのはエースの鹿内だったりするからさ。鹿内は一四〇キロ台の豪腕だから。まだ一年だけど、来年は絶対甲子園行けるから。オレはもう引退だけど」

「だったらなんでおめえは野球なんか続けんのさ？」東大を目指す森本が言う。「そこまで見切ってるんだったら、この先続けても意味ないだろう。さっさと自分の次の目標探して、そっちにシフトしたらいいじゃん」

「オレにはキャプテンとしての責任があんのッしゃ」

「そんなもん所詮は学校の部活だろう。部活がおめえの人生を保証してくれんのか？くれねえだろ？」

「それは利己主義だ」

「どこが利己主義よ。まず自分の人生を考えるべきだろう。自分の人生を決めるために学校があるんじゃねえのかよ」

「そうさ。利己主義って言ったら受験ほどの利己主義はないだろう」

「いやだねえ、おめら、いつから標準語で話すようになったさ？」

そんな堂々巡りの論争はそれから暫《しばら》く続き、夏彦はすっかり退屈になってしまった。だが自分に苦言を呈してくれた吉田には感謝した。こういうヤツが真の親友というものだ。その感謝の気持ちを翌日メールで送ると、こう返事が返ってきた。

「だからオメ、そうやって人を値踏みすんのやめろって。オレがオメにとって真の親友かどうかじゃねえ。オメがまわりにとって真の親友になれるかどうかが大事だろ。値踏みすんなら自分を値踏めよ」

その通りであった。人を値踏みしない生き方。鳥や魚や獣たちだって、昆虫だって、別に人間と会話できるわけでもないが、もしみんないなくなったらどんなに寂しい光景だろうと夏彦は思った。


さて、迎え盆の夜の宴会には続きがあった。その日、石巻高専に通う小野寺隼人も来る予定だったが、なかなか姿を現さなかった。

「あいつだったら忘れてんのかも知れねな」と吉田。

「だから！」と森本。

余談だがこの〝だから〟。この地独特の方言である。相槌《あいづち》の一種で、「そうそう」ぐらいの意味だ。

さて、小野寺隼人だが、二時間遅れで登場した。背後に誰か連れがいた。女性である。

「憶えてっか？　一年下の」と小野寺。すると女性本人が自己紹介をする。

「小塚希です」

「あ．．．ああ」

夏彦は少し動揺した。

「今朝ちょうど駅前でばったり会ってさ、オメが帰って来てるって話したら、来たいって言うもんだから連れて来ちまったけど。大丈夫だったか？」

「あ．．．ああ」

夏彦の反応は鈍かった。

「まあ、男ばっかじゃ色気ねえしな」と森本がフォローする。

「だから！　そう思ったんだでば」と小野寺。

小塚希は夏彦の小中学時代の一年後輩で、今は地元の女子高校に通っているはずだった。特に頭のいい子でもなかったし、目立つところのある子でもなかった。中学二年のバレンタインデーにチョコレートを貰った。以来、何となく気になる存在だった。だが彼女が気になっている自分がずっと自己嫌悪でもあった。こちらから好意を寄せたわけでもない女子に惹かれるという事は、その女子の性に惹かれているという事に他ならない。小塚希が性的魅力のある女だから惹かれている、という事に他ならない。そんな風に夏彦は考えてしまった。すると何かまるで自分が犬にでも成り下がったような浅ましい存在に思われ自己嫌悪に陥るのであった。そんなわけで、中学時代はずっと遠ざけて来た。いや、もっと直截《ちょくせつ》的な表現をすれば、無視を決め込んでいたのである。

だが、そうした態度こそが、吉田の指摘する自身の内なる選民思想なのかも知れない、果たして小塚希に対して自分が感じていた気持ちとは何だったのか？　ちょっと確かめてやろう……などと、そんなことを思い巡らせはしたが、それもまた自己欺瞞《ぎまん》であって、結局の所、希の魅力に抗《あらが》えなかった、というのが偽らざる本心だったと夏彦は懐述する。抗えない想いが、夜が更ける程に自分の中に沸き立ってしまった。沸々と。

「……あ」

ここまで話した夏彦が風美の方を振り返った。

「話はここからでよかったかも知れません。ここからが、あの子のお姉ちゃんの話になります。すいません」

風美は苦笑しながら、「いえいえ」と答えた。ようやくここからが本題らしい。

ルカは少し離れた場所にしゃがんで、シロツメクサの花を集めている。

希《きりえ》

夜も更け、すっかり泥酔した男たちは、畳の上で雑魚寝《ざこね》して、押しても引いても動かない。希は、そろそろ帰りますと言うので、夏彦は家の近くまで送ると言って、男共をそのままにして、希と一緒に外に出た。街灯もない真っ暗な道を歩く二人の間に会話はなかった。なんとかもう少し一緒に居たい。だがどうやって引き止めたらいいか。そんなことを考えあぐねていたせいで、気の利いた話題を思いつくことさえ儘《まま》ならなかった。そうこうするうちに石ノ森神社近くの三叉路に辿り着いてしまった。希は立ち止まり、夏彦に向かってお辞儀をした。

「ありがとうございます。もう、この辺で大丈夫です。先輩に会えて嬉しかったです！」

「あ、そう」

「ずっと先輩のファンでした。仙台の高校に通うって知った時は、ショックでした」

「…そう」

「じゃ、おやすみなさい」

「……うん……そうだね……もう少し歩く？」

「え？」

「もうちょっとだけ」

「はい」

「ちょっと神社、行ってみようか」

「はい」

神社の境内に続く長い石段を二人でゆっくり登った。

「うれしいです」

「歩くのがうれしいの？」

「先輩と一緒に歩くのが。変ですか？」

「いや、俺も嬉しいかな」

時間を延長できた夏彦は世間話をする余裕も出てきた。

「ここ、俺たち、石ノ森神社って言うんだけどさ。なんでか知ってる？」

「知りません」

石ノ森神社とは本当の名前ではない。それは夏彦たちの間でのみ通用する呼び名で、漫画家の石ノ森章太郎から来ていた。石ノ森章太郎は石巻の出身ではなかったが、石ノ森萬画館という記念館もあり、地元の子供たちには馴染み深い存在だった。その神社には石造りの狛犬が二体あって、何故かどちらも石ノ森章太郎がデザインしたような姿をしてると、中学時代、誰かがそう言いだして、いつしか石ノ森神社という呼び名が夏彦界隈で定着したのであった。夏彦はそんな話を希にしてみたが、彼女は石ノ森章太郎について殆ど何も知らなかった。こういう地元民もいるのだなぁと夏彦は少し驚く。

希は更に不思議なことを言い出す。

「あたし、神社初めてです」

「あ、そう。ここ初めて？」

「はい。神社は初めてです」

「え？　神社に行ったことないの？」

「はい」

随分変わった子だな、と夏彦は思う。

境内は誰も居なかった。鳥居の手前で希は入るのを躊躇した。足が竦んでいるように見えた。

「どうした？」

「いえ……あの、先輩」

「なに？」

「手、つないでもいいですか？」

「……あ、いいよ」

夏彦は右手を差し出した。その手を希は左手で摑《つか》んだ。二人は並んで鳥居を潜った。

夏彦は何か二人で、封印を破って結界をくぐり抜けたような気がした。マークさんの言葉が脳裡を過《よ》ぎる。お盆についての考察である。「幽霊を召喚する儀式ですよこれ。それを考えるとちょっと怖くないですか？」

希が幽霊だったらどうしようと、夏彦は変な妄想をした。

拝殿の前に立つと、夏彦は賽銭箱に小銭を投げ、鈴を鳴らして手を合わせた。大学に合格しますように、と。しかし希はそこには付き合わなかった。

「あたしは大丈夫です」

そう言って遠慮するのであった。どういうことだろう。ますます幽霊のようではないか。希のこの不可解な行動には、理由があった。夏彦はそれを後に知ることになるが、この時はまだ知る由もない。

絵馬の前で二人は腰を下ろした。

「彼氏いる？」

「先輩がなってください」

「え？」

「冗談ですよ」

そう言いながら、希の顔が夏彦に近づいてくる。キスをしようとしている。夏彦は咄嗟に身を引いてしまった。

「冗談ですよ?」

そう言って希は、はにかんだ。夏彦も苦笑した。そんな夏彦の身体に、希は自分の身体を寄せる。体温が直に伝わる。再び、希の顔が近づいてくる。夏彦はもう抗えず、キスを受け入れてしまった。

「いやですか?」

夏彦は、答えに躊躇した。すると希の唇が夏彦の唇を奪いに来る。濃厚なキスを繰り返しながら、希は時折、耳元で囁く。「やっぱりダメですよね?」とか「こんなこと、いけないですよね」とか「こんな罪深いこと」とか。そして「でも、止まんないです」とか。「先輩のせいです」とか。「先輩、悪い人」とか。そんな言葉が呪文のように夏彦の脳を溶かしてゆく。そこから先のことはよく憶えていない。憶えているのは彼女の潤んだ眼差しとか、手のぬくもりとか、彼女の香《かぐわ》しい髪の匂いとか、触り心地のよいスカートの生地とか、柔らかな唇とか乳房の膨らみとか、その先の乳首の固さとか、彼女を包むオーラのようなフェロモンのような見えない雰囲気のようなものだったり、鼻にかかった艶っぽい声だったり、そういった彼女のすべてにすっかりヤラれてしまった。まるで不思議の国に迷い込んだかのような。その国では、それまでのすべてが無意味であるかのような。学校も授業も、進学も、医者という稼業も。夏彦は恍惚の時間の中、希と肩を寄せ合い、唇を重ね合い、ただひたすら希の存在を感じ取ろうとしていた。

翌、十四日、夏彦は父・崇史の車で仙台に戻り、受験勉強を再開する予定だったが、こっちの方が勉強が捗《はかど》りそう、などと両親に嘘をつき、潮見邸に留まった。真砂美は夜、地元の同窓会に参加し、翌日は清掃業者と庭師が邸《やしき》に入るのでその立ち会いで残った。その夜はまた別な同窓会やらがあると言って出かけて行く。夏彦はずっと部屋で受験勉強をしていなければならず、母親にしても、出かけたからといって、いつ戻って来るかもわからず、なかなか希と会うタイミングを見つけられずにいた。

八月十六日、送り盆。

真砂美は朝早く愛車の赤いベンツで帰って行った。夏彦はようやく希を邸に招き入れることが出来た。ここは彼が中学まで育った場所である。子供の頃からの合鍵がいまだに使え、いつでも自由に出入りが出来た。祖父が亡くなって以来、ここはずっと空き家で、母が去れば、もはや人の出入りもなかった。二人にとって絶好の密会場所だったわけである。

町がお盆まつりで賑わっているさなかであった。「お盆も終わりだね」と夏彦が言うと、「そうなんですか?」と希はまるで何も知らないような素振りである。

潮見家では、祖母が亡くなった頃から、送り盆は割愛されて来た。加寿彦や真砂美が現代的な人たちだったせいに違いない。だが地元ではむしろこの送り盆がグランドフィナーレだった。あちこちで盆踊りが催され、川で精霊流しをする地区もある。

「君んちは、何にもしないの?」

「しません」

「そうなんだ」

どういう家庭なんだろう。夏彦は不思議に思った。

二人は誰もいない屋敷を散策しながら愛し合った。海を見渡せる二階の窓辺で二人はキスに夢中になり、回廊のひんやりとした床の上で抱き合った。宴会にも出動していた座卓の上に折り重なり、畳の上で求め合った。蟬の声と希の喘《あえ》ぎ声が絡み合い、互いに滴《したた》る汗を舐め合った。夏彦はまだ童貞で、次に何をしたらいいのか要領を得ない。そこを希がリードした。自分より余程経験があるんだろう。最初にした相手は誰なのだろう。そう思うと生まれて初めて体験する怒りと渇きが夏彦を苦しめる。これが嫉妬という気持ちなのか。誰のものにもさせない。ただ、自分のものにしたい。そんな想いに支配される。希の耳朶《みみたぶ》を吸いながら、思い余った夏彦は、つい無粋な質問を呟いてしまう。

「初体験は何時《いつ》?」

しかし希は首を横に振って、それを否定した。

「そうなの？」

「初めてですよ」

「どうやって憶えたの？」

「何を？」

「こういうこと」

希は首を横に振る。

「……わかんない。身体が……勝手に……」

その時の希は得も言われぬ美しさだった。頬は朱に染まり、その眼差しは、涙ぐんでいるようだった。決して美人ではない、垢《あか》抜けない田舎の女の子が、こんな表情になるのかと、夏彦はある種の感動すら憶えながら、そのすべてが自分のものなのかと思った途端、夏彦は一瞬で沸点に達した。がむしゃらに希の身体を求め、希の身体に纏《まと》わりつくものを次々剝《は》ぎ取り裸にし、グランドフィナーレに向けてラストスパートをかけたわけだが、そのゴールなるものを童貞の夏彦は知識では知ってはいたが、実践経験がない。それは希も同じだとすると、ゴールゲートがいつまで経っても見えて来ない。

「どうしたらいいんだろう？」

「うん」

「ここ?」

「ん」

「ここかな?」

「んー、わかんない」

果てしない、終わりのない前戯が繰り返され、瞬く間に二時間、三時間と、時間ばかりが過ぎてゆく。やることは判っている。なのにそれが実現しない。無理をすると、痛いと叫んで身を捩《よじ》る。四時間が過ぎ、庭ではヒグラシが鳴き始める。夏彦は断念し、希を背にして畳の上に寝転がった。希はそんな夏彦の背中に縋り付くようにして、何度も鼻を啜《すす》る。振り返ると希は嗚咽していた。

「どうしたの? 泣かなくていいよ」

「ごめんね。満足させてあげれなくて」

「そんなことないよ。こっちも下手でごめん」

希は大きく頭を振って、そんなことないと言わんばかりに、夏彦を見つめる。潤んだその眼差しに興奮して、夏彦は何度も希の唇を奪った。そして再び身体と身体が折り重なり、またしても果てしない愛撫のループが始まりそうになった刹那、希が思いがけない言葉を口にした。

「主よ、この罪深い私たちを……この罪深い私たちを……」

半泣きになりながら、上ずった声で。

夏彦は希が何を口にしたのかわからなかった。

「なに？」

希は沈黙した。

「今、なんて言ったの？」

「ごめんなさい。こういうことしちゃいけないの」

「こういうこと？」

「婚前交渉」

クリスチャンなのかこの子は。クリスチャンにそういう戒律があるという話をどこかで聞いたことはあった。ここまでしておいて、何を今更。そんな思いにも駆られたが、自分の胸の中で肩を震わせて泣いている希を前に、そんなことも言い出しにくかった。そこは優等生である。夏彦は華奢《きやしや》な希の身体を抱きしめて、こう言った。

「大丈夫だよ。俺は。うん。大丈夫」

そして彼女から離れ、自分の下着を探した。思いがけず大きなため息が漏れ、それを聞いた希がまた「ごめんなさい」と肩を震わせるのだった。

その時は、大丈夫だと思った。だがこの縛りはその後、想像以上に夏彦を苦しめることになる。

尽きせぬ想い。

夏休みが終わり、二学期に入っても、夏彦は希の結界から逃れられずにいた。勉強も手につかず、模試の結果も最悪で、家庭教師たちや、両親をひどく驚かせた。

夏彦の脳は、もはや、希のことしか考えられなくなっていた。

希とずっと一緒にいたい。希とずっと引っ付いて、くっついて。二度と離れられなくなったら。ひとつになっていられたら。ギュッと抱き合ったまま、その触れてる皮膚同士を太い赤い糸で縫い閉じることが出来たら……。

夏彦の我儘《わがまま》を何でも聞いてきた両親もいけなかった。ちゃんと自分の部屋があるのに、集中できないと言うどら息子に、ウィークリーマンションを与えてしまった。とはいえ母の真砂美も伯父の加寿彦も大学受験の頃は、祖父母が仙台駅前の分譲マンションを購入して彼らに与えていたそうで、潮見家の経済的なボリュームはバブル期以降だいぶ縮小傾向にはあったんでしょうと夏彦は分析する。ともあれ、この密室が二人の絶好の密会場所になった。家庭教師が帰るまでクロゼットの中で希が隠れて待つという、そんな危険な遊戯にまで二人は手を出していた。まかり間違って見つかったら、両親の知るところとなり、二人は交際を禁じられたかも知れない。今思えばその方がよかったのかも知れない、と夏彦は言う。

誰も知らない。誰にも知られていない。それが二人の最大の不幸だったのだと。

家庭教師のいない時間はずっと裸でベッドの中で抱き合っていた。夏彦にとって、これが女性と交際する初めての体験だった。それまでは女性というものにあまり関心がなく、むしろ男仲間と一緒にいるのが好ましく、自分もいずれは加寿彦のように男性のパートナーに巡り合うのだろうか、と漠然と思っていたりもした。まさか、ここで、こんな熱愛を体験するとは想定外だった。恋人というのは、一緒に映画を観たり、お茶をしたり、買い物をしたりするものかと思っていた。それに比べて、自分たちのやってることは、一体何なんだろう。ベッドに入り浸って、まるで獣のようである。もう人間には戻れない。ただそこには絶対的な、目も眩《くら》むような『愛』が存在する。これ以上の何が必要なんだろう。

ある日、二人は一線を越えた。それはもうどうにも止めようがなく、しかし、直後、夏彦は自分でも驚くほどの罪悪感に苛《さいな》まれた。許してくれと、希に何度も謝った。そんな夏彦に希はこう言った。

「大丈夫。悔い改めれば、神様は許して下さるから」そして希は手を合わせ、祈りの言葉を呟いた。「主よ、この罪深い私たちを……この罪深い私たちを……どうか憐れんで下さい。この罪深い私たちを、どうか憐れんで下さい。キリエ・エレイソン。キリエ・エレイソン。キリエ・エレイソン。イエスの御名《みな》によって祈ります。アーメン」

やがて彼女のおなかに赤ん坊が宿った。

十二月の半ばのことであった。妊娠検査キットで陽性反応が出た。夏彦はすぐに希を婦人科のクリニックに連れて行った。希にひとりで入り口の自動ドアを潜らせ、自分は外で待った。出てきた希は赤ちゃんの映像を観せてもらったという。

「すっごいちっちゃかった」

と希は夏彦の耳許で囁いた。

センター試験まであと一ヶ月というタイミングだった。だが夏彦にはもはや受験というものが遠い世界の出来事になりつつあるような、そんな感覚だった。それどころではない目の前の現実が夏彦を圧倒した。

「産んでいいの？」

「いいよ」

「普通は堕ろして欲しいものじゃないの？」

「わからない。だって産んで欲しいって気持ちしかない」

それは夏彦の偽らざる気持ちだった。大人たちはそれを若気の至りと嘲笑《あざわら》い、お前らはまだ子供だと言うだろう。そんなことわかっている。だからどうした。生まれた命を屠《ほふ》るのが正しい選択なわけがない。夏彦にはそうとしか思えなかった。

「希は俺が守る。赤ん坊も俺が守る」

そんな言葉を発する度に、全身に力が漲《みなぎ》るのだ。そしていまだ体験したことのない幸福感に包まれる。これは信じていいことだ。他のどんなことを捨ててでも。とはいえ不甲斐ないことに、それを両親に言う勇気はなかった。隠し果《おお》せるとは思えなかったが、白状しなければならない日がいずれ来るのがわかっていながら、そこにリアリティーを感じることができなかった。

「要するに一番肝心な所からは逃げていたのかなと思います」

父の崇史はどうだろう。伯父の加寿彦は？　伯父はよく、最近の少子化問題を嘆きながら、「もっと十代がいっぱい子づくりに励めばいいんだ」と無茶なことを口走っていた。「どうせ一番やりたい年頃なんだからさ」父の崇史もこの伯父の暴論には肩入れし、「お義兄《にい》さんもたまにはいいこと言うな」と言っていた。そんなある日のやりとりを思い出しながら、ふたりに相談したら……そんな想いが夏彦の胸に去来する。

……いやそれは命取りだ。

あんなのは茶の間の世間話だ。一般論だ。実の息子であり、実の甥であるとなったら話は違う。そしていったん話は違うとなったら伯父は医療のエキスパートだ。産婦人科の名医に希を連れて行くなんてわけもないことだろう。そうこうするうちに耳の奥でピーと音が鳴り出し、頭の中が思考停止になる。

「ママに相談していい？」

希にそう訊かれた時も、夏彦は「いいよ」とあっさり許してしまった。あの時は、どうしていいのかさっぱりわからず、ただもう途方に暮れていたというのが本当の所だ。

かくして希は、母に相談する。そして、その結果として、希は夏彦にこう告げた。

「週末、ウチに来いって。ママが」

十二月二十四日、金曜日。クリスマスイヴのその日、夏彦は白蛇町にある希の自宅を訪ねた。希は最寄りの白蛇駅まで迎えに来てくれた。白蛇町は住宅地と農地が共存する閑静な田舎町であった。石巻育ちの夏彦も、あまり足を踏み入れたことのない地区だった。

希の自宅は二階建ての家屋で、若草色の塗装は潮風に削られ、老朽化が進んでいる印象であった。小さな佇まいだが、先祖代々大切に受け継いできた家なのかも知れない。父親はどんな方《かた》だろう。母親はどんな方だろう。ウチの娘になんてことをしてくれたんだ。きっと殴られる。夏彦は覚悟して小塚家の敷居をまたいだ。

「あら、いらっしゃい。仙台から？　遠かったでしょ？」

希の母、呼子《よぶこ》は、笑顔で夏彦を迎え入れてくれた。イントネーションには強い地元の訛《なま》りがあった。

「みんな、希がボーイフレンドを連れてきたから」

リビングはクリスマスパーティーの最中だった。数人の母親たちと、その子供たちが遊びに来ていた。夏彦を見て、この母親たちが歓声を上げた。

「いやまあイケメンだこと。希ちゃん、どっから捕まえてきたの？」

彼女らに揉みくちゃにされる前に、希は夏彦を台所に連れて行き、四人がけのテーブルの一角に座らせると、自分は向かい側に座り、「ごめんね」と手を合わせた。

「いやいや全然」

思わぬ大歓迎を受け、夏彦は戸惑った。母の呼子も終始笑顔である。

「寒かったでしょ。これどうぞ」

呼子の出すスープは、すぐ頂くには熱すぎた。続けて運んできたタンドリーチキンサラダは美味だった。小学生ぐらいの女の子が台所に入ってくる。

「お、こんにちは」

女の子は黙ったままで、希の膝の上に座った。

「妹？」

「そう」

「お名前は？」

夏彦は妹に訊ねた。もじもじはにかんで、なかなか自分の名前を言わない妹を見かねて希が代わりに答える。

「ルカっていうの」

「ルカ。ふうん。・・・ルカちゃんか」

「道路の路《ろ》に花って書いてルカ」

「路《みち》の花か。素敵だね」

夏彦がそう答えると、ルカはそこで初めて口を開いた。

「るっちゃん」

自分のことをそう呼んでほしいようだ。

「るっちゃん？　僕は夏彦。よろしく」

「なっちゃんだよ」と希。

「なっちゃん」ルカが復唱する。

ようやく心を開いたルカは、「るっちゃんバレエ習ってる」と言って、夏彦の前で振り付けを披露した。

料理をテーブルに置きながら、呼子が言う。

「この子たちのお父さんは、海で死んじゃったんだけど。……あの人」

呼子の指差す先に男性の写真が飾られていた。それが希とルカの父親であった。その写真の真上には、十字架があった。

「あの人が生きてたら、きっと反対したと思うし、堕ろせって言ったかも知れない。でも、あたしはね、二人が産む気なら反対しない。応援する。その子は神様からの贈り物だから」

思いがけない母親の話に夏彦は戸惑った。

「大学は？　何処受験するの？」と呼子。

「宮城野大です」

「医学部」希が言い添える。

呼子は父親の写真の上の十字架を見上げ、手を合わせた。

「どうか合格しますように。二人と新しい命に神様の祝福がありますように。イエス様の御名《みな》によって祈ります。アーメン」

その後、宴はカラオケ大会に突入した。呼子がピアノで伴奏をつけ、母親や子供たちが代わる代わる歌う。やがてルカに順番が回ってくると、皆が『異邦人』をリクエストした。それに応えて呼子がイントロを弾き始め、ルカが歌い出す。夏彦は驚いて希を見た。希も夏彦を見返す。

「上手でしょ？」

「ああ」

希はルカに歩み寄り、わざと意地悪で後ろから抱きつく。ルカは少し嫌がりながら、歌い続ける。二人の視線が偶然夏彦に向けられる。折しもその歌詞がサビの終盤を迎えていた。

あなたにとって私　ただの通りすがり
ちょっとふり向いてみただけの
異邦人

夏彦は不意を突かれた想いがした。本心を見透かされたような。自分は希を守りたいのか、希から逃げ出したいのか、それが次第にわからなくなって来ていた。

帰りは希とルカが駅まで送ってくれた。

「会いたいけど、暫く我慢する。受験に集中してね」

電車に乗り込む時、希は夏彦にそう耳許で囁いた。

帰りの電車に揺られながら、夏彦は、建物の隙間から時折垣間見える海を眺めていた。

だが、その海も、いつしか夜の帳《とばり》にかき消され、見失う。

「主よ、この罪深い私たちを……」

漆黒の闇を見つめながら、夏彦はこの言葉を三度、口ずさんでみた。

海

二月、夏彦は阪神大を受験した。その結果を待つだけの日々が暫く続いたが、夏彦は希に一度も連絡しなかった。

ある日曜の午後、希が突然夏彦の家を訪ねてきた。母のいる時間帯にである。

「潮見先輩、ひさしぶり。元気？」

希は敢えて〝なっちゃん〟ではなく〝潮見先輩〟という言い方をした。

「あ、ああ」

「ごめんなさい、お財布落としちゃって。帰れなくなっちゃった。知ってる人いなくて」

芝居だとわかった。夏彦は千円札を一枚渡した。それを受け取ると、希は黙って帰って行った。

会いたかったのだろう。残酷だとは思ったが、夏彦は希の後を追いかけなかった。背後で興味津々なオーラを放つ母親の手前もあった。

それから一時間ほどして、希からのメールが携帯に入った。

［久しぶりに顔見れて嬉しかった。なっちゃんのママ優しそうな人だね］

惨《むご》いことをした。この一時間、彼女は何処に居たのだろう。夏彦が追いかけて来るのを外で待っていたのかも知れない。そして諦めて、このメールを打ったのかも知れない。或いはまだ今も近くで待っているかも知れない。

「本屋に行って来る」

そう言って夏彦は家を出た。本屋は駅ビルの中にあった。本屋なんかどうでもいい。希が帰るとしたらこの駅までの道を辿るはずだった。しかし行けども行けども希の姿はなかった。結局、この日は、彼女の姿を見つけることはできなかった。

夏彦は苦いため息をついた。しかし夏彦は、希にメッセージを返すことさえしなかった。

3月8日、阪神大学の合格発表があり、夏彦は無事医学部に合格したが、やはり希に連絡しなかった。

3月9日、東北地方に大きな地震があった。夏彦の部屋の書棚から本が随分落ち、キッチンの食器もいくつか床に落ちて砕けた。夏彦は希にメールしようとしたが、出来なかった。彼女からも何もなかった。二人の関係は完全に終わってしまったかに思えた。

いや違う。自分が終わらせているのだ。彼女は、ただひたむきに待っている。そうに違いない。

3月10日、夏彦は何を思ったか、始発で石巻に向かい、希の家を訪れた。だが呼び鈴を鳴らすわけでもなく、ただ遠くから眺めるだけであった。

……張り込み。

「何を思ってそんなことをしたのか、自分でもよくわからないです」

そう夏彦は懐述する。

午前8時、希が玄関から出て来る。自転車に跨《また》がって走り出す。彼女の通う高校へ向けて。登校する希の姿が夏彦には、妙に新鮮だった。中学時代にも見たことはなかった。女子校の制服姿の彼女を見るのも初めてだった。こんな女子高生が妊娠しているなんて、誰が想像できるだろう。

そんな重たいものを抱えさせたのは他ならぬ自分だ。

8時15分、近くの小学校のチャイムが鳴ると、ランドセルを背負ったルカが家から飛び出して行く。いつもこんな風にギリギリのタイミングで登校しているのだろうか。

ふと思う。……あの子は義理の妹になるのか、と。

8時半、呼子が家を出る。いそいそと駅の方角へ歩いて行く。夏彦はその後を追った。

……尾行。

電車に乗る。矢本駅で降りて、そこから十五分ほど歩き、とある平屋の古い一軒家に到着。玄関のインターホンを押し、中の住人と短い会話をした後、中に入って行った。夏彦は、三軒先の電柱の陰に佇んで、様子を窺《うかが》った。暫くすると、窓が開き、呼子が顔を出した。そして布団を干し始めた。更に暫くして、車椅子に乗った老人を押して出てきた。こちらに向かってきたら逃げ場がない。夏彦は出来るだけ見えないように塀伝いに歩き出し、角を曲がった所で、踵《きびす》を返し、来た道を覗いた。車椅子を押す呼子の背中が見えた。

母が老人介護サービスの仕事をしていると希から聞いていたが、本当であった。

尊い。夏彦は思った。あの人に比べたら、自分なんて何一つ世の中のためになる事なんてしちゃいない。夏彦は車椅子を押す呼子の後ろ姿を見送った。

重い。

所詮自分は、生活に困ったことのないお坊ちゃんだ。

こんな生活をする人たちと家族になんかなれるだろうか？　希の母に、今日は忙しいからなっちゃん矢本のナントカ爺ちゃんのお散歩お願いね、なんて言われて、やれるだろうか。

電車で矢本からそのまま仙台に帰ろうかとも思ったが、せっかくここまで来たのだから、帰宅する希だけでも見届けようと、再び石巻に戻り、家の近くで張り込むことにした。ただ学校が終わるにはまだ暫くあった。外にいては寒くてかなわない。蕎麦屋に立ち寄り蕎麦を喰い、駅前のカフェで時間を潰した。カフェトマト。中学時代にはなかった店だ。珈琲に拘《こだわ》っていますという雰囲気で満ち溢れた店内。なぜ店の名前がトマトなのか。それだけが謎だった。それはともかく顔見知りには絶対逢いたくなかった。冷やしながら、辺りの様子を窺っていたので、心身共にくたびれた。そろそろ希が帰る時間が近づいて来た。カフェを出ようと席を立つと、道路の反対側をよく知る顔が歩いていた。吉田だった。去年の夏であれば、店を飛び出して後ろから背中でも叩いてやるところだった。今はもうそんな気すら起きない。こちらにやって来ないことばかりを祈った。幸いにして、吉田は夏彦がそこに居ることなど知る由もなく、何処に向かっているのか、海の方角へ歩いて行ってしまった。

「いや、幸いにして、というのはダメですね。それが吉田を見た最後になったわけですから」

時計を見た。3時35分。夏彦は店を出た。希の家まで歩いた。近所の公園に張り込んだ。そこから辛うじて希の家の玄関が見えた。希が高校から戻って来るとしたら、この公園の前を通り過ぎる筈であった。

4時24分。自転車に乗った希が目の前の通りを通過して、家の玄関に到着する。夏彦は携帯を鳴らしてみる。玄関の前で着信に気づいた希が、自転車を止めながら慌てて電話に出る姿が見えた。

「もしもし」

「あ、俺。久しぶり」

「久しぶり。元気？」

「うん。希は？」

「元気」

「今、どこ？」

「いま家に着いたところ。なっちゃんは？」

「俺も家」

「昨日、地震大丈夫だった？」

「デカかったね。そっちは大丈夫だった？」

「ママの鏡、割れちゃった。おっきな古い姿見」

「そっか」

「受験どうだった？」

「あ、合格した」

「おめでとう！　宮城野大？」

「いや、大阪の大学」

「大阪……遠いね」

「そこしか受からなかった」

「そう。でもよかった。おめでとう」

「ありがと」

「受験終わっても連絡くれないから、フラれたと思ってた」

「そんなことないよ……いろいろ忙しくて」

「でも電話くれたからいい。嬉しい」

「久しぶりにちょっとゆっくり話したい。明日、また連絡する」

「うん、待ってる」

夏彦は、希の家を後にした。帰りの電車の中、夏彦は妙に清々しかった。希はやっぱりいい子だし、希のお母さんもいい人だ。俺は両親に告白しよう。卑怯なことなんかせずに、正々堂々、頭を下げよう。希との間に子供が出来た。希と結婚したい。いや、それじゃあ、子供が出来たから結婚したいみたいだな。希と結婚したい。ただそれだけでいいか。不束者《ふつつかもの》ですが、応援してください、と。

大学は、いったん諦めて一浪しよう。そして改めて宮城野大を目指すことにしよう。

窓から海が見えた。真っ黒な海だった。何も変わらない。きっと。何があったって、何億年経ったって、海は相変わらず海なんだろう。それに比べたら自分の悩みなんて、取るに足らないことだ。夏彦は暗い海に向かって祈った。

「この罪深い私たちを……この罪深い私たちを……この罪深い私たちを……」


翌日の午後、夏彦は希に電話した。

「もしもし？」

「俺。今大丈夫？」

「今ガッコ。なっちゃんは？」

「俺？……家」

「ちょっと待ってもらっていい？」

「なに？」

「あたしもウチに帰る。ここじゃあ、ゆっくり話せないし」

「授業は？」

「サボる」

「いや、待つよ」

「いいの。どっちが大事？」

「……そうだな。そうだね」

「かけ直すね」

「ああ」

それから希は鞄を持って教室を飛び出したのだろう。そして自転車で家まで全力で走ったのだろう。家に辿り着き、再び電話をかけてきた時には息も出来ない状態だった。回復するのに、何分もかかった。

「ごめん。苦しい……なっちゃん、なんとかして」

「何とかしてって……水でも飲めよ」

「ちょっとかけ直す」

そう言うと希は電話を切った。次に電話がかかってくるまでに二〇分ほどかかった。

「ごめん。シャワー浴びてた」

「そう」

「ひさしぶりだからね。きれいにしないと」

「そんな、ケータイだろ」

「いいの。ケータイでも久しぶりだから」

それから希は夏彦の言葉を待った。夏彦は何から話そうか迷い、口ごもった。こういう時、希は必ず助け舟を出してくれる。だがその日は違った。希はずっと黙っていた。

そう、自分から話さなきゃ。ちゃんと。夏彦は話を始めた。

「あのさ、ごめん。ずっと連絡しなくて。自分なりに考える時間が欲しかったっていうか……」

「うん」

「それで、まあ、いろいろ考えて。赤ん坊のことだけど」

「うん」

「赤ん坊元気？」

「元気」

「そうか。俺……」

「……ちょっと待って」

「なに？」

「揺れてる？」

「え？　赤ん坊？」

　夏彦は希のお腹の赤ん坊が動いたのかと誤解した。

「違う……え？　なんか……揺れてる？」

「あ、俺？」

　今度は、自分の事を言われているのかと誤解した。

「いや、揺れてないよ。俺はもう決めた」

「違う……地震？」

「え？」

部屋が大きく揺れ出した。

「地震！」

電話の向こうで希が叫んだ。

２０１１年、３月11日、午後２時46分、大地震が東日本を襲った。

マグニチュード９・０。

希は叫び続けたが、夏彦は携帯を耳に当てていられる状況ですらなかった。激しい揺れは約三分間続いた。ようやく落ち着いて、夏彦は携帯から希に呼びかけた。

「大丈夫か？」

「大丈夫。けど家の中グチャグチャ」

「ウチも……あーあ、パソコンが倒れてる。ウソだろ」

「凄かったね。ママ大丈夫かな？」

「ママどこ？」

「今日は教会の日。ちょっと電話してみる」

「そうだね」

「また電話するね」

「ああ、そうだね」

「うん、後で」

「じゃ」

こうして二人は電話を切った。結局地震のせいで、何とも中途半端なやり取りで終わってしまった。夏彦はとりあえず、各部屋の損壊状況を見て回った。部屋はどこも停電していた。リビングを覗くとプラズマ大画面テレビが大破していた。キッチンも何処から手を付けていいかわからないほどの惨状だった。

母親は外出していて、今日は『英国王のスピーチ』を観ると言っていた。劇場でこの地震に遭ったかも知れない。映画館で停電になったら真っ暗だ。非常灯も消えてしまったら真っ暗闇だ。それはそれで怖いだろうなあ。お母さん大丈夫だろうか。

夏彦は母親に電話してみた。何度かけてもまったく繋がらない。無理もない。あんな大地震だ。通話回線はパンク状態だろう。

携帯でブラウザを呼び出し、ネットで地震情報を見て驚いた。日本全土が地震のマークに被われていた。宮城県は震度7という数字まで出ている。

携帯が鳴った。希からだった。

「もしもし？」

「あ、なっちゃん？　なんか津波が来るみたい。大丈夫かな？」

「いまどこ?」

「今、外」

「とにかく高い所に逃げないと」

「うん。でも、ルカが心配。ママも電話繋がらないの。ちょっと小学校に行ってみる」

「逃げないと」

「大丈夫。そこ避難所になってるの。ママがルカを迎えに行ったのかも」

「そう、避難所だったら大丈夫か」

「うん、たぶん」

「電話繋いでおいて。一回切ると次いつ繋がるか、わかんない」

「うん」

やがて希の自転車は小学校に到着する。

「今、小学校に着いた。グラウンドに子供たちがいっぱいいる」

希が実況してくれる。どうやら校舎から出て避難している子供たちが、保護者の迎えを待っているようであった。時折、児童の名前を叫ぶ教師の声が聞こえる。希は子供たちの中を探してみるがルカの姿は何処にもない。近くにいた女性の教員に声をかける。

「小塚ですけど、ルカ知りませんか?」

「小塚さん? 何年何組?」

「三年二組です」

「柳先生！　小塚さん！」

教員は別の男性教員に声を掛ける。柳先生と呼ばれた教師は、

「小塚さん……あれ？　いねえな。さっきまでいたと思ったけどな。お母さんが迎えに来たかもしんねーな」

柳先生は手にした名簿を見て確認する。母親が連れ帰った児童は印を付けてあるが、ルカの名前の欄にはチェックが入っていなかった。

「……まだ来てねぇみでぇだけど」

希は夏彦に電話で説明する。

「ママはまだ来てないって。でもルカもいない」

背後で柳先生の声が聞こえる。

「校舎にはもう残ってねえと思うんだよなあ」

それを聞いて、希が柳先生に訊ねる。

そんなやり取りが電話越しに聞こえて来る。

「あの、校舎の中見て来てもいいですか？」

「いや、誰もいねえと思うよ？」

しかし、希はそれでも諦めきれず、校舎の中を探し歩いた。

「ルカ！　ルカ！」

柳先生の言う通り、校舎には誰も残っていなかった。

「どこにもいないよ。あたしが来るのが遅かったのかな」

希は涙声だ。夏彦にはどうしてやることも出来ない。電話越しに散乱した机や椅子や学童品を避けながら、踏みながら歩き回る希の足音が暫く続くうち、不意にその足音が止み、希の声が聞こえた。

「教会に行ったのかも」

「教会？」

「きっとそう」

希は廊下を走り、階段を駆け下り、再び外に飛び出した。自転車に飛び乗り、走り出す。校門を通り抜け、商店街を通り過ぎる。夏彦には何が起きているのかわからない。

「希？　希？」

何度も呼びかけるが、応答がない。耳障りな雑音だけが状況を知る手がかりになる。

漸くその声が届いた時、希は海につながる坂道を自転車で駆け下りていた。

「あ、ごめん。聞こえる？」

「聞こえてる。こっち聞こえる？」

「聞こえる。今教会に向かってる」

「え？　学校に戻れよ。避難所なんだろ？」

「大丈夫。教会も高いとこにあるから」

「近いの？」

「ちょっと遠い」

「じゃ、学校に引き返した方がいいって」

「でもルカが途中にいるかも知れないし」

「ルカちゃんだってどっかに避難してるよ！」

「でも心配」

「今どのへん？」

「日向町の近く」

「だったら、ウチの病院が近い。高台だし、四階建てだし、屋上もある」

「わかった。ルカ見つけたら、そっちにいく」

「ああ。受付で俺の知り合いだって言えばいいから。そしたらなんとかしてくれる」

「俺の知り合い？　恋人じゃダメなの？」

「え？　うん、恋人でいいよ」

「フィアンセですって言ってもいい？」

「ああ、なんでもいいよ」

「なんでもはいや」

「フィアンセでいいよ」

「おなかになっちゃんの子供がいますって？」

「……ああ、いいよ」

「言っていいの？」

「……いや、やっぱ、それは、俺が言うから」

「嘘。言わないくせに」

「言うよ。必ず言う。ていうか、いまそれどこじゃないだろ」

「大切なことだよ。あ、ルカ、いた！　ルカー！」

希はルカを見つけたようである。

「お姉ちゃん！」と叫ぶルカの声も聞こえる。

「よかった。ルカいた。ちょっと切るね」

「ちょっと待って。切るな。また繋がるかわかんないから」

「ね、ずっと一緒だよね」

「え？　……ああ、一緒だよ」

「なっちゃん」

「なに？」

「……呼んでみただけ」

電話はそこで切れた。

「希？　……希？」

もう返事もない。本人が切ったのか、電波が悪くて切れたのか。いずれにせよ、これが二人の最後の瞬間だった。

もし助からなかったら……。

想像した途端、身震いがした。そんなこと絶対にあり得ない。あるわけがない。気がつくと夏彦は部屋の中で吼《ほ》えていた。猿が吼えるように。未だかつて体験したことのない状況に、肉体というものは時に勝手にわけのわからないことを始めたりする。懸命に身体を制御して、自分の言うことを聞かせようとするが、全身が震えて呼吸をすることさえ覚束ない。そんな状態であっても、夏彦は片時も携帯を手放さず、希からの着信を待ちながら、地震に関する情報を漁り続けていた。津波警報が出ていた。おとといも地震があった。かなり大きかった。津波注意報も出た。けど津波の被害はなかった。津波なんて本当に来るのだろうか？

母の真砂美が帰ってきた。

「ああ、なっちゃん、大丈夫だった？　よかった！　ママ、映画観てたら急にすっごい揺れて。震度いくつだったのかしら。街中停電してたわよ〜。パパに電話した？　ママさっきから電話してるんだけど、繋がらないのよ。大丈夫？　真っ青よ」

「大丈夫」

震える息子を母は抱き締めた。

「怖かったの？　まだ子供ねえ。地震なんて怖くないわよ。揺れが止まったら終わりだから。けどこんな地震は初めてだわ。今までも何度も大きな地震があったけど、今回のは尋常じゃないわ。お兄さんもマークさんも無事だといいけど」

終わりじゃないよ。津波が来るんだ。そう言おうとしたが、恐怖で言葉が出なかった。

その先の事を考えると足がガクガクと震えた。

夜8時、夏彦と真砂美が部屋を片付けているさなか、父・崇史が帰宅した。懐中電灯を照らしながらリビングに入ってくる。

「おお、大丈夫だったか？」

「いえいえ、めちゃくちゃだったわよ。だいぶ片付いたけど」

「街中停電だ。道も大渋滞で。車は途中で置いて歩いて帰って来たよ」

崇史はソファに座り込み、懐中電灯で部屋の状況を確認しながら、こう言った。

「津波の被害がすごいみたいだ」

夏彦の息が止まる。

「お義兄さんたち大丈夫かな？」

「電話繋がらないのよ」

「心配だな」

「無事だといいんだけど」

潮見の縁者は、結果的には皆、無事であったというが、この時点では伯父の加寿彦も、マークさんも消息不明であった。

夕飯は災害用に備蓄していた非常食で済ませた。残りの片付けは明るくなってからにしようということになり、真砂美と崇史は午後10時には就寝した。夏彦は部屋でラジオをつけっ放しにしながら、携帯をいじりながら、眠れぬ夜を過ごした。

ラジオは仙石線が津波で大破し、七ヶ浜町のコンビナートが炎上していると伝えていた。

SNSには肉親や知人の消息を訊ねるメッセージがひしめき合っていた。

夏彦もSNSにメッセージを投稿した。

なつ　@natsu　2011/03/11
潮見外科の院長、潮見加寿彦を探しています。
なつ　@natsu　2011/03/11
宮城野大学の文化人類学特任教授、マーク・カレンを探しています。
なつ　@natsu　2011/03/11

潮見外科はどうなったでしょうか？　どなたかご存知だったら教えて頂けますか？

なつ　@natsu　2011/03/11

石巻海陽高校の、吉田淳司を探しています。どなたかご存知ないですか？

なつ　@natsu　2011/03/11

石巻高専の、小野寺隼人を探しています。ご存じの方はおしらせ下さい。

一番知りたいのは希の消息だったが、この期に及んでも躊躇があった。夏彦は自分で自分に言い聞かせる。お前は希を愛してるんだろう。おなかの子供の父親だろう。希はお前だけが頼りなんだ。お前の助けを待っているんだ。なのにお前は何をやってるんだバカやろう。

夏彦の投稿にひとつ返信があった。

あやね　@ayayane　2011/03/12

日向町に住む者です。こちら無事でした。

潮見外科、先程近くを通りました。

建物は無事でした。中に人がいらっしゃる様子もありました。

夏彦はベッドから飛び起き、すぐに返信した。


潮見外科、浸水を免れているようだという情報を頂きました。

@あやねさん、こんな状況下で、ご報告ありがとうございます。

心より感謝致します。


一階の寝室で休んでいた両親にそのことを知らせた。

「じゃあきっと無事ね。よかった」

と真砂美は安堵のため息をついた。再び部屋に戻ろうとした夏彦だったが、ふと思い立ち、父の書斎に忍び込んだ。懐中電灯を照らし、床に散乱した書籍群の中から、地図を探した。父の蔵書に何冊か日本地図の豪華版があるのを憶えていた。一冊見つけて自分の部屋に持ち帰る。割れたガラス窓から冷たい風が吹き込んでいるのに今更ながらに気づいた。普段だったら寒くて居られないだろう。だが、不思議と寒さを感じない。夏彦は宮城県のページを開き、目測で距離を測った。仙台と石巻の距離を。見た所、約四〇～五〇キロという所だろうか。フルマラソンの距離じゃないか。夏彦は早速準備を開始した。

玄関の物音に気づいて、真砂美が懐中電灯を持って現れた。光の先には靴紐を結んでいる息子の背中があった。

「なにしてるの？」

「俺、行って来るよ」

「え？　どこに」

「おじさんのとこ」

「え？　どうやって」

「走って」

「何言ってんの？」

「地図で測ったら40キロぐらいだった。フルマラソンと同じぐらい。3時間も走ればたぶん着くよ」

「嘘でしょ？」

夏彦は構わずリュックを背負って立ち上がる。

「それにまだ夜中じゃない！」

真砂美が止めるのを聞きもせず、夏彦は外に飛び出した。

「夏彦！」

自分の名前を呼ぶ真砂美の声が、妙に遠くで聞こえた気がした。母が真後ろで怒鳴ったはずのその声が。

時計を見る。1時12分。

榴岡《つつじがおか》から国道45号線を北へ。進行方向の右手が海だったが、ここからでは遠すぎて見えない。津波の気配なんて全く感じない。

街は真っ暗だ。建物の灯りはおろか、街灯も、信号も消えている。

遠くで、火災のような紅い光芒《こうぼう》が地平から夜空を照らし、渦巻く黒煙が立ち昇るのが見えた。あれがきっと七ヶ浜のコンビナート火災だろう。夏彦はラジオで聞いたニュースを思い出す。もっと海沿いを走ったら、凄い光景が広がっているに違いない。一体どんなことになってるんだろう。

10キロほど走り、仙台港北インターチェンジ付近まで来た。路面が濡れている。行く手に何かある。暗闇でよく見えないが、目を凝らすと、横転した車が路肩に積み上げられている。背筋が凍りつく。津波だ。逃げろ！　咄嗟に踵を返し、来た道を全力で逃げた。津波の猛威は既に過ぎた後だったが、そんなことすら知る由もない。交差点にぶつかり、右に折れた。海から逃げるように。余震も続いていた。足許がふらついて眩暈《めまい》かと思ったが、余震だった。電線が揺れている。四つん這いになって衝撃を迎え撃ったが、大きな震《ゆ》れは訪れなかった。再び立ち上がり、先を急ぐ。多賀城《たがじよう》から利府《りふ》の辺りを迷走し、だいぶ時間を使ってしまった。行く手に〝8〟という数字を見つけた。宮城県道8号仙台松島線の標識だ。

8号線……通称、利府街道。

その道路標識には何の変哲もないが、夏彦は世界が一変してしまったかのような錯覚に陥る。ここは一体どこなんだ？ この世界はどうなってしまったんだ。

再び余震。夏彦は地面に這いつくばった。

震《ゆ》れてる。震《ゆ》れてる。これは大きい。頬に冷たいものが当たる。アスファルトの地面だ。天地がわからない。立ち上がろうとしてみたが、身体の自由が利かない。震《ゆ》れが止まらない。いや、これは眩暈か？ そう思った次の瞬間、意識が飛んだ。

どれくらいそこにいたのかわからない。気がつけば空がうっすらと明るくなっていた。貧血で気を失っていたようだ。無理もない。なんの準備もなく、ウォーミングアップもなく、異常な精神状態で走り出したのだ。今にして思えば無謀としか言いようがないです、と夏彦は振り返る。「3時間で石巻だなんて。甘すぎました」

全身が冷え切っていた。そのままそこに寝ていたら凍死していたかも知れない。

「何度も思い返します。あそこでそのまま冷たくなっていればと……。何度そう思ったかわかりません」

走るしかなかった。そのまま走り続けられるのかどうかもわからなかったが、ともかく走り続けるしかなかった。暫く走ると身体も温かくなってくる。

大きな橋を越えた。後にそれが東松島大橋という橋だと確認した。川が二本流れていた。それぞれ吉田川と鳴瀬川だ。県道２０４号を走る。交差点を右折して、県道２４３号へ。ここからのルートは知っている。矢本を経由して、石巻へ。

時計を見ると6時14分。家を飛び出してから5時間以上もかかってしまった。

空はもうだいぶ明るい。海に通じる道に入る。見渡す限りの田園地帯は一面水に覆われているが、水入れの季節には早すぎる。まさかこれも津波の影響なのか？

橋にさしかかる。人が何人か集まっている。皆こちらに背を向けて、その向こうを眺めている。橋を渡ろうとして夏彦の足が止まった。彼らの見ている景色が目に入った。

「なんだよこれ……」

夏彦は全身が震えた。

石巻という街が海に沈んでいた。

既にそこにいた人たちがふりかえり、その一人が言った。

「まるで映画だよ」

夏彦はそれ以上眺めていることが出来なかった。身体が勝手に踵を返して、走り始めた。しかしうまく走れず、膝から崩れ落ちた。壊れたロボットのようだった。思考が完全に停止した。身体を八つ裂きにされたような心地だった。気がつくと吼《ほ》えるように泣いていた。生きている筈がない。伯父も、吉田も、他の同級生たちも、近所のおじさんやおばさんも、その子供たちも、希の妹も、お母さんも、おなかの赤ん坊も……そして希自身も。

貧血に襲われ、夏彦は再び気絶した。周囲にいた人たちに近くの神社に運ばれた。ブルーシートで簡易のテントが組まれていて、一時的な避難所になっていた。

夏彦はシートの上に寝かされた。意識が戻った時、視界の中に入って来たのは絵馬だった。夏彦は絵馬掛けの側に寝かされていた。奇しくもそこは石ノ森神社であった。あの夏の夜のことを想い出し、夏彦は身体を震わせて嗚咽した。

午後、加寿彦と携帯が通じた。潮見外科は無事だった。SNSで〝あやね〟さんが知らせてくれた通りだった。

「石巻駅も一メートル以上浸水したんだよ。だけどウチは水が来なかった。ほとんど奇跡だよ」

加寿彦によると、市街地はいまだ海水が引かず、日向山の一帯は離島状態、病院内は避難所として開放し、近隣の避難者がひしめいているという。

「マークさんは？」

「無事だよ。でもあわや津波に飲まれる所だったよ。第一波の時は二階の書斎にいて、津波が来たのに気付かなかったそうだ。コーヒーを淹れにキッチンに行ったら、一階が水浸しで。最初は水道管が破裂したのかと思ったそうだ。窓の外を見たら、自転車が流れて行くのが見えた。それで津波だとわかった。水がいったん引いたタイミングで急いで家を飛び出したら、あたりにはもう誰もいない。そこから全力疾走でここまで走ってきたってさ。今、横にいるよ。代わろうか」

加寿彦はマークさんに電話を代わった。興奮したマークさんは同じ話を更に詳しく話してくれた。話の最後にマークさんはこう言った。

「私を救ってくれたのは神様でも仏様でもありません。トマトさんですよ。いつもあの方のお店でコーヒー豆を買ってましたから。あの方の笑顔が今も忘れられません。無事だといいのですが」

夏彦が一昨日、小塚家の人たちを張り込んだ際に、立ち寄ったカフェを想い出した。カフェトマト。トマトとはここの店主の名であった。戸的《とまと》という名字だということは後に知った。店主がいたのは記憶にあるが、その顔を夏彦は想い出せなかった。

電話はマークさんから再び加寿彦へ。

「そっちはどうだ？　大丈夫だったか？」

「うん」

夏彦は石巻に来ていることを咄嗟に隠した。皮肉にもそのことが、もっと言い出しにくい話をするきっかけとして作用した。

「友達探してるんだけど」

「名前は？」

「小塚……小塚希って言うんだ。ウチに逃げるように言ったんだけど……」

「こづかきりえ……ちょっと待ってろ」

伯父の加寿彦が大声で希の名前を連呼した。

「あのー、こづかきりえさんっていますかー！　こづかきりえさーん！」

暫くして、伯父が再び電話口に出た。

「ここにはいないみたいだなあ」

伯父との電話を切ると、夏彦はSNSをチェックする。伯父とマークさんの無事を投稿し、まるでその序《つい》でのように、あのメッセージは投稿された。

なつ　@natsu　2011/03/12
石巻白百合女子高校の二年生、
小塚希（こづかきりえ）を探しています。
僕の大切な人です。

それから夏彦はこの地に留まり、希を探し続けた。石巻白百合女子高校を訪ねた。体育館が避難所になっていた。ここで何か希の情報が得られるかも知れない。夏彦はそう思った。ここを拠点に避難所を巡り、遺体安置所に足を運び、歩ける道を歩き回った。

暇さえあればSNSに、小塚希を探しています、と投稿した。

　振り返れば、極限状態であった。まったく食欲が湧かない。三日間何も口にせず、四日目に歩くことができなくなり、ようやく配給の列に並ぶ気になった。餅の入った豚汁を啜ると眠くなってきて、避難所の床の上に横になった。見知らぬおばあちゃんが毛布をかけてくれた。

「あ、すいません」

　夏彦は少し顔を上げた。改めてあたりを見回した。多くの避難者の姿が見えた。皆肩を落として、憔悴し切った様子だった。

　眠気がさしてきた。すると希が隣で寝ているような気がしてきた。涙がとめどなく流れた。目を閉じて、忘れようとしても忘れようもない。

　希のぬくもりを身体が、その全身で憶えていた。


　夏彦が話を終えた時、あたりはもうだいぶ暗くなっていた。雨は静かに降り続けていた。風美は、返す言葉も浮かばなかった。ハンカチで溢れ出る涙を何度も拭った。

「誰にも言ったことないです。これは。誰にも言わないでください」

　頷く度に、感情がこみ上げ、涙が零《こぼ》れる。

「まだ見つからないの？」

ようやく言葉に出来たのがこの質問だった。一番辛い質問をしてしまったのでは？　と口にしてから、悔やんだが遅かった。

「……まだです」

夏彦から小さな返事が返ってきた。震災から二ヶ月。未曾有の大災害に、大阪の空気はどこか他人事で、そこに風美は違和感を感じ続けてきた。娘が同級生に魔神ブウと呼ばれて怒る父兄もまた然りである。だが、実際に被災者に会い、その話を直接聞くと、自分ですらこの二ヶ月ずっと他人事だったのだと思い知らされる。それにしても夏彦の立場はあまりに過酷だ。

夏彦は言う。

「卑怯なやつなんです。見つからないでくれとも思うんですよ。自分のしでかしたことをなかったことにしたいって気持ちもあるんです」

お願いだから、もうこれ以上自分を責めないでください。風美はそう言葉にしたかったが、それは結局の所、ただの言葉でしかなかった。たった今、二時間程度の話を聞かされただけの者の、きっと無責任な言葉でしかないのだ。そう思うと、風美は何も言えなかった。

ルカは少し離れた木陰で、シロツメクサの花を集め、器用に編んで花の冠を拵えている。

「でも、あの子は、僕が……僕が何とかします」

「はい。私も、手伝いますから」

「ありがとうございます」

夏彦は深々と頭を下げた。

ずるいよな

「風に琴って書いて風琴《ふうきん》」です。風琴はオルガンのことです。俺はギター弾きですけど」

キリエのライブを観ていた観客の中に風琴というギタリストがいた。ライブ後に声をかけて来て、ギターの伴奏をやらせてくれないかという。キリエの声が気に入ったというのである。七月の終わりのことだった。

「オーディションしてください。俺のこと」

「(え？　オーディションなんてそんな。私、される側だし)」

キリエのひそひそ声は初対面の相手ほど小さくなる。風琴にはほとんど聞き取れない。それに戸惑いながら、風琴はキリエにある提案をする。

「ひとまずなんか、音合わせてみませんか。『憐れみの讃歌』とか？　あれオリジナルですよね。カポは4カポでしたっけ？」

こうして二人は『憐れみの讃歌』を試した。キリエが姉を想い作った、姉へのレクイエムだった。風琴はこの曲が一番好きだという。そんな風琴とのセッションはキリエには衝撃的だった。自分の弾き語りよりも音が格段に広がって、歌っていて心底気持ちが良かった。本当は欲しかったのに、自分では出せなかった微妙な音を風琴は巧みに入れてくる。演奏が終わると、キリエは風琴に拍手を送った。

「(すごいです!)」

「おお、そうですか!　じゃ、採用ってことでいいですか?」

「(よろしくお願いします)」

「ありがとうございます。こちらこそよろしくお願いします。じゃ、アカウント交換してもらっていいですか?」

「(え?)」

キリエは単語帳を取り出して、紙に書いた。

〝スマホを持っていません〟

「…あ」

そのメッセージに風琴は唖然とする。

「じゃあ、俺、探します。キリエさんの事。バイトで来れないこともあるけど、時間がある時は頑張って来ますよ」

「(ありがとうございます)」

それからというもの、路上ライブには風琴が来てくれて、セッティングや物販まで手伝ってくれた。キリエが報酬の相談をしてみると、風琴はこう言った。

「ギャラなんかいらない」

キリエは単語帳にこう書いた。

〝でも、それだと申し訳なくて。こっちも気持ちよくお願いできないし〟

「じゃあ、売上の一割でどう？　それで手を打つ」

こんな経緯で期せずして二人のユニットが誕生した。風琴は松坂珈琲とも知り合いで、実は彼からキリエの話を聞き、興味が湧いて観に行ったところ、またたく間に大ファンになり、おっかけのように路上ライブを聴きに来ていたのだという。そしてある日、意を決して声を掛けたのだと。

「実は、あの時はメチャ緊張してたんですよ」

風琴はそう言う。そうは見えなかったとキリエは思う。バイトは大手楽器店の店員だという。その関係で、他のミュージシャンの機材の購入やメンテナンスに関わる機会も多く、そのせいで顔も広かった。時々他のバンドとのコラボ企画も持ってきてくれた。

風琴は松坂珈琲と『真夏の路上フェス』と称するライブを企画していた。そんな縁でファミレスで行われたミーティングにキリエも呼ばれ、松坂珈琲と久しぶりに再会した。

「Tシャツとかまだある？」

会うなりいきなり物販の話である。

「(いえ、グッズはもうだいぶ品切れで)」

「再注文しといてやろうか？」

「(でも、今ちょっとひとりで活動してるので、運ぶのが大変で)」

「じゃあ、フェスでガンガン売ろうぜ。モノはこっちで運んでやるよ」

「(ありがとうございます！)」

「グループで活動できないかって話してたんだ。なんていうの？　互助会的な？　それでフェスを思いついたんだ。よかったらキリエちゃんも参加してよ」珈琲さんが改めてキリエに出演要請をする。「ギターとかアンプとかマイクとかいらないから。キリエちゃんは手ぶらでいいから」

「衣装だけ持ってきてくれたら。あの青いワンピ」と風琴。

「着てくりゃいい」と珈琲さん。

「いやいや、あれは現場で着ないと。あそこからパフォーマンス始まってますから」と風琴。

「エロい。お前、やばいぞ。セクハラだぞ」と珈琲さん。

「いやいや」と風琴。「そうじゃないんですって。なんていうか、あれは儀式なんですよ。巫女《みこ》の。あれに着替える瞬間にキリエはミューズに変身するんですよ。奇跡の瞬間なんですよ。観客はそこから魅了されるんですよ。俺は何度もそれを目撃しました。ダメです。あれだけは譲れません」

風琴は目に涙まで浮かべて熱弁した。

少しずつ仲間が増えてゆく。味方が増えてゆく。みんな音楽が大好きな人たちだ。ここに一緒にいられてなんて幸せなんだろう。そんな想いを歌に籠めることができたら。きっとそれは人の心をも動かすに違いない。そんなことを考えながら、キリエは新宿西口の高架下を歩いていた。八月の半ばのことだった。世の中はお盆休みに入っていた。

不意に背後から声をかけられた。

「ちょっといいですか?」

振り返るとスーツ姿の男性が二名。

「警察の者です。一条逸子さんのお知り合いですよね? ちょっとお話を伺いたいんですけど」

キリエは任意同行という形で新宿南警察署で事情聴取を受けた。住所や電話番号を問われ、返答に困った。現住所を持たないキリエは帯広の潮見の住所を答えた。帯広の家の電話番号は? と問われ、夏彦の番号を答えた。

「こっちには住所ないの?」

「(はい。旅行で来てるだけなので)」

「いつから?」

「(四月からです)」

「四月から？　そっからずっと旅行してるの？」

「(はい。路上ライブをやりながら)」

「夜は何処に泊まってるの？」

「(ネットカフェとかです)」

「最近の若い人たちは自由でいいなぁ」

そう言ったのは堀田という中年の刑事だった。若い方の刑事は沢井という名前だった。

「被害総額が現状、1億6890万円。未払いの利子もあるから債務不履行のおまけつきだ」と沢井。

「叩けばまだ出るなあ」と堀田。

「出ますね」

キリエがこの犯罪に関わっているのかどうか。そこが事情聴取の焦点だった。イッコさんと出会って、どういう生活をして来たのか、根掘り葉掘り聞かれ、細かいところまで話さなければならなかった。

「要するにその〝イッコさん〟が結婚詐欺をしていたとは知らなかったが、彼女が儲けた金で音楽活動の支援をしてもらったり、生活の面倒を見てもらったりしていたわけね」

「いつものパターンですね」と沢井。

「〝ユズコ〟って、聞いたことある？」と堀田。

キリエは首を横に振る。

「まあ知ってても知ってるとは言えないよなあ」

堀田は終始、満面の笑みであった。

翌日、沢井から連絡を貰った夏彦が、遥々帯広から上京し、新宿南警察署を訪ねた。

堀田がこんな話をする。

「かつて女性ばかりの詐欺集団が居ましてね。我々は〝ユズコ〟と呼んでるんですが。ユズコという女を中心に売春の斡旋とか結婚詐欺まがいの手口で荒稼ぎしてましてね。頭が海外に逃げてからはほぼ壊滅状態で。しかしその残党たちが雑な詐欺行為を繰り返して、我々も見つけ次第、次々引っぱってるって状態でして。中でも小塚さんと一緒に居た一条逸子という女性は、元ナンバー2の大物で」

「ルカも犯罪に関わってたんですか？」

「いやいや、二人が出会ったのは、ここ数ヶ月の話で、直近の被害者宅に同居していたそうですが、その被害者さんの証言だと、彼女は関わっていないと」と沢井。

「特殊詐欺だったら、末端で受け子でもやってるかも知れませんが。結婚詐欺なので。お金の流れは当事者同士の間でけっこうはっきりわかってるんですよ」と堀田が言う。

「そうですか。それはよかったです」

「それではいくつか質問させて頂きますので、お答え頂けると有り難いです」

「わかりました」

「先ずは、小塚ルカさんですがね。潮見さんは、どういうご関係で？」と堀田。

「彼女のお姉さんと僕が知り合いで」

「知り合い。どういう？」

「恋人です。一緒になる約束をしてました」

「お姉さん……震災で……」

「はい。……ルカは……震災の後、大阪にいるところを保護されまして。どうやってそこまで行ったのか、本人もあまり憶えていないようで。大阪の小学校の先生が発見して下さいまして。寺石風美さんという方で。その後は僕がなんとかするつもりだったんですけど。ひとまず最寄りの児童相談所に先生と一緒に彼女を連れて」

「どちらの児相でした？」

「藤井寺です。ルカは当時九歳だったかな。児相の若い女性スタッフが別室で話を聞くことになって。彼女喋れないんですけど、筆談ができることはわかっていたので。僕は寺石先生と上の方々と話をして、事情を説明しました」

藤井寺の児童相談所は、市役所内に家庭児童相談室という名称で存在していた。二人の児童福祉司は、風美と夏彦の話を熱心に聞き、ひとりは何度も大きく頷きながら、ため息交じりに「それはえらいことでしたわ」というフレーズを繰り返し、もうひとりは眼鏡の奥の大きな眼が涙ぐむのが見て取れた。風美と夏彦が事情を語り切ると、「えらいことでしたわ」を連呼していた福祉司が、「だいたいわかりました。あとはお任せください」と清々しい笑顔で言った。その言葉が頼もしく響いて、夏彦は少し安堵した。

「ルカちゃんはどうなります?」と風美が訊くと、もうひとりの福祉司がこう言った。

「我々もまだわからんですが。お二人に血縁関係もないということになりますとですね、そこから先は本人の個人情報となりますので、お伝えすることができません。ひとまず、通報ありがとうございました。ご苦労さんでした」

夏彦も、風美も唖然とした。風美は立ち去る彼らの後を追い、半ば怒鳴るようにこう言った。

「いや、ちょっと待ってください! このまま帰れってことですか?」

「法的には、あなたたちは彼女とは、なんの関係もない間柄ということになるんですよ」

「お気持ちはわかりますが。どうか、お引取りください」

福祉司たちの態度は極めて丁寧であった。その態度と言葉のギャップに夏彦は眩暈を覚えたという。風美は喰い下がった。

「ちょっと、ルカちゃんに会わせてください。いくらなんでもこのままってわけには……」

「ここにはいません。彼女はもう一時保護所に向かいました」

「一時保護所……」

夏彦にとっては初めて聞く言葉だった。

「え？……勝手に？」

風美の声は上ずっていた。

「勝手にってことじゃないんですよ」

「だってなんにも訊いてくれてないじゃないですか！」

「どうか、もうお引取りください」

福祉司たちは深々とお辞儀をすると、二人をその場に残して立ち去ってしまった。

その後、夏彦は風美と近くのカフェに立ち寄ったが、二人共ショックが激しくて、殆ど会話もできない状況だった。

「なんか、力になってあげられなくてごめんなさい」

声を振り絞って風美が言った。そして涙ぐんだ。夏彦は首を横に振り、「先生にはよくして頂きました」と頭を下げた。

「……悔しい」

風美は暫く泣いていた。そんな顚末を、夏彦は刑事たちに語った。刑事たちも、やや本筋から脱線したこの話に思わず聞き入ってしまった。

「その後、児童相談所から連絡をいただき、改めて事情を訊かれました。自分が面倒を見たいと言ったんですが……ダメでした」

「それで〝あおば子供の家〟に」

堀田はキリエから聴取した情報と照らし合わせる。

夏彦が答える。

「はい。中学まで。そういうことは後で知りました。児童相談所は僕には何も教えてくれないですから」

「いやあ、そういうルールとはいえ……」

堀田は思わず頭を掻《か》きむしった。

夏彦が続ける。

「ある日、ルカから連絡をもらいました。DMで。帯広の愛国高校という高校に通ってると。こっちの学校に来たって。僕が牧場で働いてるのを知って、いつか自分も牧場で働きたいと」

夏彦は少し涙ぐんだ。

「それから僕の家に遊びに来るようになって。里親とあまり馴染めなかったみたいで、僕のところにずっといるようになって」

「二人で暮らしてた？」

「まあ、そんな形に。ある日、児童相談所が来まして。宮城の児相の方は沖津さんという女性の方と、あとはなんて言ったかな。男性の福祉司が二人。あと帯広の児相から三人いらしてました」

「すごい人数ですね」と沢井。

「強制連行の構えですな」と堀田。

「はい。ルカはいるかと。いると答えると、話がしたいと。ひとまずウチに入って貰って、話をしました」

「全員ですか？」と堀田。

「いえ、中に入ったのは、宮城の福祉司さんたちだけで。帯広の皆さんは外で待機すると言って、入って来ませんでした。家も狭かったですし」

「逃走を警戒したんでしょうね」と堀田。それには沢井も頷く。

「そうだったんですかね」

「で？」

「あ、はい。沖津さんという方が一番なんというか、怒ってました。ルカのお世話をずっとしていた方だったので」

沖津亜美は県の児童相談所ではベテランの福祉司だった。ルカが帯広の里親の許で暮らすようになっても担当として手紙のやり取りを続けていた。ルカの手紙には里親とは円満そうなことが書かれていたので、沖津もその内容を信じていた。ところがある日、里親から連絡があり、ルカが夏彦と一緒に暮らしていることを知らされた。かくして今回の訪問となったわけである。

「ルカちゃん、牧場で働きたいっていうから、私たちもがんばって応援したのになぁ。こっちの高校に行けるように里親さんまで探したんだよ。まさか、ここにあなたがいるとはね。あなたを追いかけて、ここまで来たわけか」

「すいません」

「相思相愛？」

「そんなんじゃないです」

「言い過ぎた。ごめんなさい。たまに遊びに来るぐらいならね。でもね、ずっと帰って来ないとなると。里親さんも心配するわよ」

「あちらともうまく行ってないって……」

「そうであってもね、あなたには何もできないんですよ」

「……」

「とにかく、この状況は看過できないんです。このままだと警察に通報するって。里親さん。下手したら誘拐罪で検挙されますよ」

沖津はそう言い放った。その後、二人の男性福祉司が、二階にいるルカを保護し、里親の許に返した。ルカはその後、夏彦の許を訪れることはなかった。

「誘拐とまで言われて、残念でならなかったです。無念でした。ルカは自分からウチに来たし。それも僕を心配してのことなんですよ。そこら辺がなかなか判って貰えなかった。まあ、判って貰えたとしても、ルールは変わらないわけで。結果は同じだったでしょうけど」

話を聞いていた堀田と沢井の口から同時にため息が漏れた。

夏彦が言う。

「そこからどうなったのか。教えてくれる人は誰もいませんから。今日までまったく連絡がつかなかったわけです。すいません。話が長くなってしまいました」

「いえいえ」

堀田は、次の言葉を探したが、すぐには何も言えなかった。

その後、警察署の廊下で、夏彦とルカは久しぶりの対面を果たした。

「(ごめんなさい)」

「いやいや、久しぶりに会える口実が出来てよかったよ。それにしても、すごい荷物だな」

キリエの横には、いつも生活用具一式があった。

「音楽の道具か」

「(うん)」

「路上ライブやってるのか?」

「(うん)」

夏彦はキリエに代わってこの大荷物を転がしてくれた。

「警察の人に聞いたぞ。キリエって名前で活動してるんだって?」

「(うん)」

「そっか。お姉ちゃんもきっと喜んでるな」

警察署を後にすると、夏彦はキリエを少し早い夕食に誘った。

「何が食いたい?」

しかしキリエは遠慮して「(何でもいい)」と言うばかりである。夏彦は通りを見て歩き、焼肉屋を選んだ。

「普段、どうせうまいもん食べてないんだろ。まあ、食え」

夏彦はカルビを焼いては次々キリエの皿にのせた。

「バイトはやってるの？」

キリエは首を横に振る。

「どうやって食ってるんだ」

「(投げ銭)」

「何？　投げ銭だけで食えてるのか？」

「(なんとかやってる)」

「それはそれで凄いな。どのくらい稼げるんだ？」

「(2万ぐらい。多い時は5万とか)」

「そんなんで食って行けるのか？」

「(一日だよ)」

「一日？　ひと月じゃないのか？」

「(10万以上行ったこともあるよ)」

「うわっ、売れっ子じゃないか！」

「(だんだん上がって来た)」

「それは凄いな！　あれか？　YouTubeとかやってるのか？」

「(やってる)」

「最先端だな」

「(自分じゃわかんないけど。みんなに応援してもらって)」

「そうか。それはよかった。でも、刑事さんに聞いたけど、お前、住所不定ってどういうこと？　どこに住んでんの？」

キリエは言葉に詰まる。

「ネットカフェとか？」

キリエは小さく頷いてみせた。

「ネットカフェか。まあ、都会はそういうのがあるから、何とかなるよな。何がおかしい？」

「(え？　なんでもない)」

妙な含み笑いをしている。そんな顔をするのは、何か言いたいことがある時だ。夏彦はそれを知っている。

「なんだよ？」

「(なんでもない)」

「言ってみろよ」

「(ほんとはね、ネットカフェはシャワー浴びるだけ。一時間三百円。それから電車に乗るの)」

「電車?　何処に行くの?」

「(どこにも行かない。電車で寝てるの。一番よく寝れる)」

「え?　なに?　お前、電車で睡眠取ってるの?」

「(そう)」

「マジかよ。相変わらず変な奴だな」

「(怖い夢見なくて済むから)」

「怖い夢見ないのか。電車だと」

「(うん)」

「そっか。じゃあ、悪くないな」

「(うん)」

「そうか。ほら食え」

夏彦はカルビをまたキリエの皿に盛る。

「(電車楽しいよ。起きるとね、鎌倉だったり、茅ヶ崎だったり、幕張だったり。適当に乗り換えて、また寝て、六時間ぐらいでまたこっちに戻って来るの)」

「そんなの、エライ金かかるんじゃないのか?」

「(ううん。一四〇円くらい。降りなければ、初乗り運賃でどこまでも行ける)」

「すごいな。一四〇円の大冒険だな。そんなことやっていいのか？」

「(わかんない)」

　二人は顔を見合わせて笑った。夏彦にはキリエに訊いておかなければならないことがもうひとつあった。

「その、一条逸子って人だけど。結婚詐欺師。……今逃げてるっていう。何処で知り合ったんだ？」

「(お兄ちゃんだよ)」

「俺？」

「(うん)」

「どういうこと？　お、俺は関係ないだろう」

「(真緒里さんだよ。その人)」

「まおりさん？　誰？」

　キリエは夏彦の顔を見てくすくす笑っている。

「え？　まおりさんって……広澤さんチの？」

　キリエは頷く。

「いやあ、何が何だか。ちょっと詳しく説明してよ」

　そこから夏彦は長い時間をかけて、キリエの話を聞くことになった。

焼肉屋を出ると、キリエは夏彦を新宿中央公園に連れて行った。そこには風琴が待っていた。

「(あ、こちらギタリストの風琴さん。こちら、兄の夏彦さん)」

キリエが二人を紹介する。夏彦と風琴は互いに挨拶を交わした。

「風に琴って書いて風琴です。風琴はオルガンのことです。俺はギター弾きですけど」

風琴はいつもの決まり文句の自己紹介をする。

「(夏彦さんもギター弾いてたんだよ。高校時代。私の師匠)」とキリエ。

「えー、じゃ今日はなんか弾いてくださいよ」

風琴に乗せられて、夏彦は路上ライブに一曲だけ参加することになった。

「曲は何にします?」

風琴にセットリストを見せられて、夏彦は少し考えていたが、その中の一曲を指差した。『ずるいよな』。それはキリエが初めて作った曲だった。

「俺がコードつけてやったんだ」

この曲はその日のライブの三曲目に演奏することになった。久しぶりのセッションにキリエは声を詰まらせ、夏彦も目頭を熱くした。

ほらまただ　あなたが

笑うから　ずるいよな
よぎるのは優しい
痛みで困るよな

こびなれた部屋にさよなら
明日目が腫れちゃうかもな
屋上では花が枯れてる
からっぽで立ち上がれないな

いつもいなくなりそうな
顔色に見とれた
そんな　急に眠りにつくの
また来るよ言っていたのに
やだな

ライブが終わると、夏彦はキリエと公園を少し歩いた。夏彦はその夜は、近くのホテルに泊まり、明日の早い便で帰るのだと言う。

「でもなんか、変わったな、お前」

「(え?　そう?)」

「うん。なんか……声が少し大きくなった」

「(え?)」

そう言われてキリエは照れくさそうに視線を外した。

「なんか少し逞《たくま》しくなった気がするよ」

少し前を歩いていた夏彦は不意に立ち止まると、キリエの方を向いた。少し責めるような視線をキリエに向けた。

「どうして連絡くれなかったんだ?　なんで会いに来なかったんだ?」

「(だって……迷惑だから)」

「なわけないだろ」

夏彦はキリエを抱き締めた。不意のことに、キリエは呼吸も忘れてしまいそうになる。わけもわからず、胸が一杯になり、張り裂けそうになる。

が、突然、夏彦は抱擁を解き、キリエから身体を離すと、何故か急に靴の紐を結び始めた。その肩は震えていた。夏彦は泣いていた。

「（なっちゃん、ごめん）」

「いや……こっちこそごめん。あー、ダメだ。お前の前じゃ、めそめそ泣いてばっかりだ。俺がお前を守ってやらなきゃいけないのに」

キリエは地面に座り込んで、夏彦の肩に縋《すが》り付いた。

「(いっぱい守ってもらったよ)」

夏彦は激しく首を振って声を振り絞った。

「なんにもしてない！　一度も守れなかった！」

「(そんなこと言わないで)」

「そうだな。みっともないな。顔を見せてくれ」

キリエの顔をもう一度正面から見直した、夏彦は、そこに希の面影を見た。もうどうにもならず、嗚咽を止められず、夏彦は、キリエの胸の中で、慟哭《どうこく》した。許してくれ、許してくれ、と何度も、声を震わせながら。

ひとりが好き

『真夏の路上フェス』はいろんなバンドやボーカリストが参加する。その調整には色々手が掛かり、気がついたら九月になっていた。松坂珈琲たちはタイトルを『九月の路上フェス』に変更したが、スケジュールが更に後ろ倒しとなり、いつになるかわからないなら真夏とか九月とかいう季語は外すべきではという論争を経て、タイトルは『路上主義・新宿中央公園フェス』に決着した。

路上主義と言っておきながら、公園を使うのはどうなんだ、という論争も巻き起こったが、イベントの規模からして、可能な路上がなかなか見つからなかった。海老名と幕張にやれそうな路上を見つけはしたが、それなら新宿でやりたいという参加者が多かった。というわけで、公園の使用許可を取り、何とか場所の確保は出来たのだが、大きな音は出さないようにと、区の担当者から厳しく言われ、それは勿論と珈琲さんはその場を取り繕《つくろ》った。

許可さえ取れれば、後は何とでもなるだろう。珈琲さんはそう考えた。

一般的な路上ライブではスマホのカラオケアプリをそのまま使用するボーカリストも

多いが、このフェスではバンドがバックを務める。珈琲さんはキリエのためにベースとドラムとキーボードの演奏者を集めてくれた。恵比寿の小さな貸しスタジオでリハーサルをした。キリエにとっては初めての経験だ。ドラムとベースが入るだけで音の厚みがこんなに違うものかと実感する。風琴はしかし、単に音が厚くなるのを厭がった。ボーカルとギターだけの演奏と同じ印象になるようにしたいと無理な注文をする。ドラマーのケータリ（本名・小杉慶太）は屋外だからしっかり音を出さないと聴こえないぜと、反論する。ベーシストのメガロパ（本名・安達和弘）は無口で風琴の指示を黙って聞くタイプだ。キーボードのサザンカ（本名・田中山茶花《さざんか》）は東京藝大の作曲科を卒業した前衛音楽家で、彼の作品は理解不能だと風琴は言う。ロックやポップスにはあまり興味はないが、キリエのファンなのだという。風琴のインスタグラムを見つけてDMで応募してきたという。リハの間は黙って演奏していたが、その夜、風琴にDMで色々アイディアを送ったようで、改めて彼のアイディアを採用したリハをやり直すことになった。

集合場所は上野公園だった。屋外でリハをやるというのだ。屋外じゃないと本番の感じが摑めないからだという。サザンカは友人を連れて来たと言って、新たなメンバーを風琴たちに紹介した。担当はそれぞれ、ヴァイオリン、ヴィオラ、チェロ、トランペット、ホルン、トロンボーンだ。アレンジはサザンカが自ら手掛けたという。ギター、ベース、ドラムにも新しい譜面が配られ、バンドはサザンカに乗っ取られたような形である。それには風琴も不服そうだったが、試しに合わせてみると、異次元の音像空間が出現した。キリエも興奮した。音が増えたはずなのに、騒がしくない。滑《なめ》らかだ。時に静かだ。歌いやすい。気持ちも乗りやすい。こんなものを体験してしまったら、弾き語りに戻れるだろうかと想うほどだった。

周囲にギャラリーも集まって来る。思いがけない数だ。中にはスマホを掲げて写真や動画を撮影する者たちもいる。

休憩時間。キリエがベンチに腰掛けて水分補給をしていると、とある男が親しげに歩み寄る。その顔には見覚えがあった。根岸である。

「サザンカのTikTokを見て面白そうだから来てみた」

「(お知り合いですか?)」

「いや、単なるファン。TikTokのフォロワー。風琴さん、彼もいいよね。彼のYouTubeもフォローさせてもらってるけど。でもまさか、サザンカや風琴さんのお気に入りのボーカリストが君だったとは驚いたよ」

そう言われて、キリエは苦笑した。

「イッコさんは? 今日は来てないの?」

「(はい。今、行方不明で)」

「行方不明? ああ、よくいなくなるんだよ、あの人は。何でもすぐに飽きちゃう」

自分は飽きられたのだろうか。キリエはなにかひどく悲しい気持ちになった。

「じゃあ、事務所探しも本格的に始めないとだね。実は何社か君のデモを聴いてもらったんだけど、反応はよかったよ。すぐに所属ってことにはならないとは思うけど、顔見知りぐらいにはなっておいた方がいいと思うから、今度時間頂戴よ」

「(ありがとうございます。でもイッコさん、いなくなったわけではないので)」

「あれ？　いなくなったんじゃないの？」

「(あ、そうなんですけど。マネージャーとしてはまだ私のマネージャーって意味で。そういう意味でいなくなったわけではないので。もう少し待ってみようとは思います)」

「意味ないと思うよ、それ」

「(そうかも知れないですけど)」

「まあ、無理にとは言わないけど。でも彼女はオススメできないなぁ。プロじゃないからさ」

「(私も)」

「ん？」

「(プロではないです)」

「プロになりたいんじゃないの？」

「(わかりません。ただ、今は、このままでって気持ちです。今日も、凄い楽しいです)」

「いつまでも、そういうわけにも行かないんだよ。永遠には続かない。そういう時間は。俺にも経験がある。まあ、ちょっと羨ましくはある。何？　それ。その笑顔」

「(え？)」

「いや、ま、ね。今は、それでいいんじゃない？　うん。それでいいと思うよ」

風琴が遠くから手を上げた。休憩時間が終わり、またリハが始まる。キリエは根岸に一礼して、皆の所に戻る。マイクスタンドの前に立つ。サザンカの合図で演奏が始まる。根岸は身を乗り出す。キリエが歌い出す。根岸の背筋に鳥肌が立つ。

「凄いかも知れない。こいつら」

しかし、根岸にはこのバンドをどう売ったらいいのかアイディアが思いつかない。

〝この業界に長く居過ぎて、固定観念に凝り固まっている自分の脳が悩ましい。まずはそいつをどうにかしないと〟

根岸は彼らの写真を自身のインスタにアップしながら、コメントにそう書き添えた。

リハが終わっても、キリエは嬉しくて、楽しくて、なかなか興奮が冷めず、そんな時は路上に立ち、弾き語りをした。深夜でも構わず。通行人がいなくても。

新宿中央公園前。

やがて長い夜が終わりを迎えつつある時刻。だが東の空にまだ朝の気配はない。こんな未明でも鳥たちは囀《さえず》り始める。彼らの目には微かな朝の光芒が見えているかのようだ。仄《ほの》暗い東京都心の夜空に。

やがて東の空が赤く染まり始める。太陽の到来。その壮大なる天体ショー。こんな空に出会ったら歌わずにはいられない。

キリエは朝焼けに向かって歌う。この街に捧げるように歌う。人の姿のない新宿のビル群はあたかも壮大な墓地のようだ。死者たちの安息を祈るレクイエムのように、キリエの歌声はまだ静かなこの街に染み入るように響き渡った。

そんな早朝、ひとりの観客がキリエの前に立った。

イッコさんだった。

「なによ、すごい元気そうじゃない！」

「(はい。イッコさんは？　大丈夫ですか？)」

「大丈夫じゃない。いよいよ暮らせる場所がなくなってずっとビジネスホテル生活。さすがに飽きて来た。ルカは？　今どこで暮らしてるの？」

「(私ですか？　波田目さんちを出て、ずっとひとりです)」

「家は？」

「(ないです。今はほとんど路上生活者です)」

「そうなの？　なんだ。おウチに泊めて貰おうと思ったのに。根岸さんどうなった？」

「(あ、一回オーディションというか、ボーカルテストみたいなことをして頂きました)」

「それで？」

「(事務所を紹介してくれるって言われたんですけど)」

「そっか。一発でメジャーデビューかなあと思ってたけどね」

「(そう簡単には行きませんね)」

「そう簡単ではないかもね」

「(はい)」

「このあと、どうするの？　まさか公園で寝るんじゃないよね？」

「(駅前に女性専用のシャワー付きのネットカフェがあって)」

「どこ？『シルキーネスト』？」

「(あ、そこです！)」

「何よ？　そこ、あたしの御用達じゃない。あたしメンバーカード持ってる」

「(ほんとですか？　私、毎日利用してます)」

「あたしはたまにね」

「(ごめんなさい。毎日は嘘でした。三日に一回ぐらいです)」

「なに？　シャワーを三日に一回？　ダメよ。一日二回にしないと。ビッグにはなれない」

そう言ってイッコさんは声高らかに笑うのだった。

それから二人は、ネットカフェ『シルキーネスト』に向かった。キリエはいつものキャリーカート一式を重そうに引きずっていた。

「わあ、なんか荷物増えたね」

「(少しずつ増えて行きますね)」

「なんか縛ったり、いろいろ進化してるね」

「(いろいろ工夫しながらやってます)」

「ちょっとやらせて」

イッコさんは自身のキャリーバッグをキリエに持たせ、自分でこの重いキャリーカートを運んでみる。

「うわっ、重《おも》！」

キリエはすぐに代わろうとしたが、イッコさんは大丈夫と言ってそのまま歩き出す。

『シルキーネスト』は公園から徒歩で十分ほどの距離であった。イッコさんはこのカートを引き摺りながら、最後まで歩き切った。店についた頃には息も絶え絶えであった。

キリエがシャワーを済ませて出てくると、先に出たイッコさんがマッサージチェアの上で眠っている。揉まれているうちに気持ちよくなって寝てしまったのだろう。肘掛けの脇にあるコイン挿入口にキリエは百円玉を入れた。マッサージチェアが動き出すとイッコさんが驚いて目を醒ます。

「あ、びっくりした！」

「(どうします？　もう少しここにいます？)」

「ルカは？　これからどうするの？」

「(私はもう出ます。電車に乗って、寝るんです。私)」

「ああ、なんか前もそんなこと言ってたね。そっか電車で寝るのか。あたしも一緒に行っていい？」

「(もちろん)」

二人は新宿駅の改札を抜け、総武線に乗った。電車は敢えて各駅停車を選ぶ。各駅停車の長距離移動は耐えられない遅さだろうが、ただ寝たいだけという人には最適である。車両に乗り込むと、キリエはいつものように隅の座席に陣取り、キャリーカートをゴムバンドで手すりに固定する。ドアが閉まり電車が動き出す。

「何処まで行くの？　これ」

「(浅草方面ですかね)」

「浅草！　浅草は浅草寺《あさくさでら》があるね」

　浅草寺《せんそうじ》のことだろう。

「（はい。その後は両国です）」

「両国国技館！　お相撲やってるかな？　でも、お相撲より、海に行きたい」

　イッコさんが振り返ると、キリエは既に微睡《まどろ》んでいる。

「（私はもう寝るだけですけど、いいですか）」

「もちろん。ゆっくり寝て。あたしも寝るから」

　そう言ってイッコさんは少し浅く座り直して目を閉じた。二人は瞬く間に眠りに落ちる。

　キリエが目を醒ますと、イッコさんは既に起きていて窓から外を眺めていた。

「（どの辺ですか？）」

「今稲毛過ぎたところ」

「（ああ、海見えました？）」

「見えない」

　そう言われてキリエは振り返った。眩《まばゆ》い光が目に射し込み、思わず顔をしかめながら、その先にある景色を探した。目の前に広がる景色は林や住宅や団地であった。

「もうすぐ終点だよ」

やがて電車は終点の千葉駅に到着する。二人は荷物と共に電車から降りると、銚子行きの電車に乗り換える。海を目指したつもりだったが、二人が乗った総武本線は千葉から銚子まで内陸を横断する路線だ。

「仕方ない。降りて歩くか」

「（いいですね。降りるのは初めてです）」

「マジで？　たまには降りてよ」

二人は松尾駅というところで降りた。グーグルマップを見ながら海を目指す。カートを二人で持って、並んで引っ張りながら海までの道を歩いた。すぐに着くかと思ったが、実際には二時間近い道のりだった。二人はしかしそれを遠いとは感じなかった。一緒に歩いているというだけで、楽しかった。

やがて海が見えてくる。防波堤を乗り越えて砂浜に足を踏み入れる。

風はなく、波は穏やかだった。

波打際の少し手前で荷物を置くと、二人は砂の上に腰を下ろした。

「海、怖い？」

「（え？）」

「津波、怖かった？」

「（わかりません。なんにも憶えてなくて。なんか懐かしいです。潮の匂いとか）」

「(あと、なんかみんなここにいる気がします。パパもママもお姉ちゃんも‥‥)」

「うん‥‥そっか」

キリエは砂浜に寝転ぶと、目を閉じた。

「何よ、ルカ。また寝るの。あたし目が醒めてしまったよ」

「(なんか話してください。聞いてますから)」

「嘘。途中で寝ちゃう癖に」

「(起きてますって)」

「寝ちゃうよ‥‥どんな話が聞きたい？」

「(イッコさんの子供時代の話とか)」

「子供時代‥‥子供時代‥‥あんまり想い出したくないかな」

「(じゃあ、最近感動したこととか)」

「‥‥感動したこと」

イッコさんはキリエを見た。

「起きてる？」

返事がない。

「おい」

「うん」

イッコさんはキリエの隣に寝そべった。手をつないでみた。空を見上げた。太陽に虹色の暈《かさ》がかかっている。

「なんといっても感動したのは、あなたの歌ですよ」

イッコさんはそう呟き、そして不意に何か閃《ひらめ》いたような顔をして、キリエを見た。

「ね、せっかくだからここでライブやろうよ」

「(え?)」

「ライブやって。あたしのために」

「(はい)」

キリエはその場に寝転びながら、オープニングのMCを演じ始める。

「(こんにちは。キリエです。今日は来てくれてありがとう。ではまず、一曲め。私の新曲から聞いてください。大切な友達が急にいなくなって、心配で心配で。そんな時に、改めて、その友達が自分をすごく大切に思ってくれていたこととか、私がその友達のことをすごく大切に思っていたこととか、そんな想いを歌にしました。聴いてください。『ひとりが好き』)」

「どういうことよ?　ひとりがいいんかい!」

風が出てきた。

キリエは起き上がると、無伴奏でその曲を歌った。その黒く長い髪を風の吹くままに、なびかせながら。

好きだったよ
この星を独り占めしたみたいで
こわくない　こわくない

2人でいるのは
ふしぎな時間だね
この星は小さくなった

あぁ　私は　私で見上げる空は
碧《あお》くても　暗くても
愛おしくて　優しくて

砂浜と海と空。他には何もなかった。気がつけばそこは、世界で一番、果てしなく大きなステージだった。まるで、この星にたった二人きりしかいないかのようだった。

憐れみの讃歌

松坂珈琲らが企画した『路上主義・新宿中央公園フェス』は２０２３年11月３日、金曜祝日に開催されたフェスはしかし、中止の憂き目に遭い、三日間行われるはずだったフェスはたった半日で終わってしまうこととなった。あまりにも派手にやり過ぎて、近隣から警察に通報が入ってしまったのである。こうなると警察も止めないわけには行かなくなる。折しも四番手のキリエのライブの最中であった。このキリエのライブは後に動画配信され、その動画は異例の再生回数を叩き出した。警察のゴタゴタで終わる結末も含め、伝説のライブとして将来、語り継がれる事になるかも知れない。将来のことは誰にもわからない。しかし、今この瞬間、この時代に、この動画が存在するのはやはり奇跡のようである。

このフェスのために集まったキリエバンドは当初、六曲演奏するはずだった。今もセットリストが残っている。『幻影』、『虹色クジラ』、『前髪あげたくない』、『燃え尽きる月』、『ずるいよな』、そして最後に『憐れみの讃歌』。後にキリエから聞いた話だと、演奏が終わったらイッコさんが花束をキリエに渡すという演出が用意されていたそうだ。

直前までキリエに連絡をしていたイッコさんだったが、会場に現れることはなかった。

この日の新宿中央公園周辺は騒々しかった。報道陣まで駆けつけて、ニュースにもなったが、それはフェスの警察沙汰ではなく、公園付近で通り魔が道行く人を刺したという事件であった。偶然通りかかった通行人に取り押さえられたが、偶然にもこの通行人が、プロのキックボクサーたちであった。逃走する男を追いかけ、取り押さえたが、思わぬ反撃を受け、ハイキックを頭部に当てて失神させた。この通り魔は救急車で運ばれ、その数時間後に亡くなってしまった。

メディアはキックボクサーのハイキックが、正当防衛なのか、過剰防衛だったのか、などで議論になった。男が既に刃物を道端に捨てて丸腰であったこともこの議論をややこしくした。偶然居合わせた歩行者の投稿は今もSNSで読むことができる。現場にはかなりの血の跡が残っていたようである。血の海に青い花の花びらがたくさん浮かんでいた、という投稿もあった。だが、不思議なことに、被害者はいまだに発見されていないのである。キックボクサーの一人は、この被害者を見ており、倒れている所に声をかけたが、ひとりで起き上がると、

「大丈夫。こんなのかすり傷」

と言って立ち去ったというのである。彼の証言によれば、長い髪の毛を水色に染めた女性だったという。それはイッコさんだったのではあるまいか。因みに、亡くなった通

り魔の素性は実名と共に公開された。灰野翼《つばさ》、無職。過去に違法ドラッグで逮捕された経歴があった。真緒里をレイプした男の名前が灰野ではなかったか。違法ドラッグで逮捕された。柚子子がかつて真緒里に言った「お灸を据える」とは、或いはこのことだったのではあるまいか。どうやったのかはわからないが、灰野をドラッグ漬けにして、社会生活を送れないようにした、そのお灸が効き過ぎて、灰野は真緒里を逆恨みしたとは考えられないか。

ＳＮＳにはこんな証言もいくつかあった。男が何度も女の名前を叫んでいたというのである。その名前は、人によって、マオと、或いはナオミという風に聞こえたそうである。真緒里という名を大声で叫べば、遠くからは、そんな風に聞き違えることはあったかも知れない。そして犯人がイッコさんの結婚詐欺の被害者だとしたら、彼女が捨てた方の名前を呼ぶはずもないのである。

新宿中央公園の外でそんな事件が勃発する中、フェス会場はいよいよキリエバンドの登場を迎えていた。ところが、彼らがステージに上がり、チューニングを開始した頃、二人の警官が舞台袖にいた松坂珈琲に声を掛けた。近所から通報が多数入っているという。このあたりは大きなホテルも多い。宿泊客が煩《うるさ》いと苦情を入れると、ホテル側も動かないわけにもゆかず、ホテルや住民から多数苦情が来ると、警察も動かざるを得ない。

「使用許可取ってるんですけど」と珈琲さんが言うと、

「見せてもらってもいいですか？」と警官の片割れは言うが、もうひとりは、「許可書って言っても、何をやってもいいとは書いてないからね」と既に否定的だ。おまけに運の悪いことに、その許可書が見当たらないというハプニングまで起きてしまった。

珈琲さんはステージでチューニングをしていた風琴に声をかけた。

「風琴、お前許可書持ってない？」

「知らないよ」

「あれ？　家に置いてきたかな？」

それには二人の警官も呆れた。

「いやあ、許可書もないとなると、もう中止して頂かないと」

「どのみち中止ですよ。苦情が多過ぎてね。可哀想だけどあんたらのせいだから」

ステージの下で起きている揉め事をバンドメンバーは黙って見ているしかなかった。暇を持て余した風琴が、指先でスネアドラムをなんとなく叩いていた。それはすごく小さな音で、警官ですら気にも留めていなかったが、それは偶然、最後の演奏曲、『憐れみの讃歌』のイントロのリズムだった。手慰みにメンバーがそれぞれ音を鳴らし始め、不協和音を渦のように回しながら、この曲のイントロに流れ込んで行った。その音に背中を押されるように、キリエがマイクを握り、歌声を会場に轟《とどろ》かせた。

心　燃え尽きてしまった夜に
涙も枯れていた朝に
瞳　閉じたら
悲しみの先の方へ　手を伸ばしていたんだ
悲しみの先の方で
何が待つ　誰がいるの
あの時は目を伏せてては
時をやり過ごしていたけど
「こんなはずじゃなかったよね」って
自分か誰かの声

警官たちも驚いて顔を上げる。いったん走り出したら、キリエの歌は止まらない。それはもうキリエ自身にも止められないかのようだった。

いつか　朽ちて果てていく

わかってる　若葉のように頼りなく
風に舞ってる

サイコロを振られたら
嫌でも移り変わる
阿弥陀くじのようでも　それすらも
受け入れて

「こんなはずじゃなかったよね」って
嘆いてた川を渡って
知ることのない明日に
生まれ変わっていたんだ

警官は至急応援を要請し、程なくしてメガホンを持った警官たちが観客の間を掻き分けながら、現れた。警官たちはメガホンで叫びながら、観客をステージからできるだけ離そうと試みた。松坂珈琲が警官に向かって叫んでいる。

「この一曲だけ！　お願いします！」

歩き出しても　何度でも
繰り返す　痛みにも
慣れていく
それでいいんだと

大切なひと　大切な日々も
見えなくなって　泣いた後で
宙に描いていたよ

楽曲の後半になると、今度は観客たちが警官の制止を押し返して、ステージの際まで殺到した。あれはなんだろう。キリエの歌の力なのか。観客ひとりひとりの中にある、日々鬱積《うっせき》したストレスに火がついてしまったのか。いずれにしても、その場に居た私はというと、怖かった。その群衆のうねりが。皆が両手を上げキリエに拍手喝采を送る。拍手の波にキリエが飲み込まれて行くように見えた。

世界はどこにもないよ

だけど　いまここを歩くんだ
希望とか見当たらない
だけど　あなたがここにいるから

何度でも　何度だっていく
全てが重なっていくために

「キリエ！」

私は思わず叫び声を上げていた。すぐ前のお客が仰天して私を振り返る。私は構わず叫んだ。叫び続けた。

「キリエ！　キリエ！　キリエ！」

歓声と怒声の渦に飲み込まれ、溺れてゆくキリエが心配で心配で、思わず口を突いて出た叫び声だった。その声はキリエに届いただろうか。一瞬、彼女の視線が私に向けられた。あれは偶然だろうか。

振り乱した黒く長い髪の毛。その隙間から見えたキリエの顔は、笑顔だった。

終章　私とキリエ

子供の頃から映画やアニメが大好きだった私は、大学を卒業すると映像関連の会社に就職した。配信する映像にノイズが入ったりしていないか、とか、字幕に誤字がないかなどをチェックしたりするのが最初の仕事だった。映画やアニメを観るのが好きな人間にとっては、またとない天職に思えたが、与えられたタスクが尋常ではなかった。残業は当たり前。締切によっては深夜から明け方にまで及び、武蔵小杉の自宅まで帰るのがしんどくて、ネットカフェで仮眠して、また職場に戻る、なんていうことも日常茶飯事だった。

眼球を酷使し続けて、気がつくと、涙が頰を伝う。目薬をさし、眼球をマッサージしながら、映像と格闘する日々であった。気がつけば誰とも会話していない。紫外線をろくに浴びていない。時折偏頭痛に悩まされる。まずいなあ、と思いながら、しかし、それが仕事なのだから、自分にはどうすることもできない。それで収入を得て、生活も成り立っているのだからと、自分に言い聞かせながら映像と向き合う毎日。

休日ともなれば、ここぞとばかりに堪能していたアニメや海外ドラマの配信動画をまるで観なくなっていた。休みの日ぐらい、自分の眼を休ませてあげたかった。月に一度は必ずヘアサロンに行く。学生時代のズボラな自分からしたら考えられない習慣が身についてしまった。自分をいたわらないと。誰もいたわってはくれない。自己防衛本能が人生でかつてないくらいピークに達していたのかも知れない。

そんなある日、先輩が二人相次いで会社を辞めてしまい、恐ろしいことに彼らのタスクも兼務させられることになった。

アルバイトが一人入ってきた。映像チェックの半分は彼に任せていいからと、上司は上司なりの誠意を見せてはくれたのだが、この新人くんは映像のノイズを見つける才能が皆無で、自分の代わりはまるで務まらなかった。気がつけば、土日もなく働く日々。どんどん締切に間に合わなくなる。こうなると私のせいではない。自分の責任が果たせない、というのは何とも心苦しかったが、もはやどうしようもない。それよりしんどかったのが、辞めた先輩の穴埋めで任された業務である。前任者のひとりが担当していたのが企画、もうひとりが宣伝であった。部下たちが自動的に昇格し、私はその末席に座ることとなった。主に雑務を担当するのかと思いきや、企画部のチーフは、まずはお手並み拝見とばかりに、いきなり私にプランを考えさせようとした。ここで私のコミュ障が露呈することになる。

「最近の若い子たちは動画の倍速再生を当たり前のように使っていて」

自分ではちゃんと筋道を立てて話しているつもりだが、チーフは首を捻《ひね》り、こう言うのだ。

「なんでそう断言できるの？」

この言葉を何度聞いたことか。

「世の中に断言できることなんか、ほとんどないから」

それはその通りなのだが、それを意識して話そうとすると、何も喋れなくなってしまう。「カラスは黒いけど、黒い鳥は皆カラスではないよね」などと喩《たと》え話を持ち出されても、自分の話のどの部分のことなのかさえわからない。

上司たちの視線がまるで私の中のノイズを探しているような、一瞬も見逃さないぞ、という構えで待ち受けているような、そんな強迫観念に駆られ出したらもうアウトだった。

職場放棄。ある木曜の午後、ネットカフェに仮眠を取りに行ったきり、私は二週間もずっとそこにいた。会社にも戻れず、両親の待つ、武蔵小杉の自宅にも帰れなかった。ネットカフェの狭い個室に寝転んで、廃人のように時をやり過ごした。そのネットカフェは女性専用であったが、常連のお客がいて、このお客は部屋の中でギターを弾き語るのであった。

かつて、私がまだ元気だった頃、一度だけその姿を目撃したことがあった。長い黒髪で前髪が目を覆い、ほとんどどんな顔かはわからなかった。私がチェックインして、キャリーバッグを部屋に入れようとしているタイミングで、シャワーを浴びて戻ってきた彼女と鉢合わせた。通路が狭くて、ドアが開いていると他の人が通り抜けられない。私は焦ってキャリーバッグを部屋に押し込もうとしたが、何かが引っかかってうまく行かない。いったんキャリーバッグを外に出し、ドアを閉めて彼女を先に通した。彼女は私の正面の部屋だった。その日私は徹夜明けで、午後からまた出勤するつもりで仮眠に入ったが、そのうちギターの音が鳴り出した。更に歌声まで聴こえてきた。その時は迷惑な人がいるもんだと思ったが、聴いているうちに、妙に心に突き刺さり、私は感極まって泣いてしまった。それが彼女の曲を聴いた初めての体験だった。個室は壁が防音になっており、聴こえると言っても、本当にささやかな音量だった。それがまた心地よくもあった。

さて、二週間の逃避生活の間、私は彼女の弾き語りを度々聴く機会に恵まれ、それが自分の痛みきった心すら癒やしてくれるような貴重な体験となった。時には誰かが彼女の部屋のドアを叩き、演奏を中断させる場面もあったが、そんな時、私は逆にそのお客に文句を言いたいくらいであった。

五階にはフリースペースがあり、長い黒髪の彼女がぼんやり座っている所を何度か目撃した。その何度目かに、私は遂に彼女に声を掛けてみたのであった。驚いたことに、彼女は話す時、声がちゃんと出なかった。ひそひそ声で話すのである。それで歌を歌う時はちゃんと出るというのである。単語帳を持ち歩いていて、常に筆談を交えながら話すスタイルだ。フリースペースは静かな場所だったので、単語帳の助けはいらなかったのだが、書きながら話すという話術が彼女の癖になっているようだった。いつも路上で歌っているという。その日も夕方に新宿駅前で歌うというので、このネットカフェから現場まで、荷物を運ぶのを手伝いがてら、彼女について行った。現場に着くと、彼女は黒のワンピから青のワンピに着替える。部屋で着替えて来ればいいのに、と言うと、モジモジして、何か言いたげだったが、その時は、その理由を教えてくれなかった。ほどなくして、風琴という名前のギタリストがやって来て、一緒に準備を始めた。どうやら二人はユニットで活動しているようだ。

そして、私は、彼女の歌を初めて大音量で聴いた。圧倒された。彼女の歌によって束の間この新宿の時間が止まったかのような錯覚を覚えた。

この日の体験が自分を立ち直らせてくれた気がする。逃避生活から二週間が過ぎたある日、私は意を決して職場に行き、辞職したい旨を話した。一ヶ月後に正式に退職し、失業手当を受けながら、私が何を始めたかというと、彼女の付き人だった。何か少しでも彼女の手伝いができれば。それが自分の生き甲斐というと大げさかも知れないが、あの時は……。この世の中に断言できることなんかほとんどないかも知れないけど、あの時感じた何か……。

キリエのうた。

それは私にとって、絶対に断言できる何かだった。

この物語は、私がキリエのお手伝いをしながら、彼女と風琴さんから聞いた話をまとめたものである。ブログに書き綴っていたものが、こちらの出版社さんの目に止まり、出版される運びとなった。事実関係をきちんとしようという編集の篠宮さんのアドバイスもあって、改めて、何人かの関係者の方々に時間を取って頂き話を伺うことができた。取材に快く応じて頂いた、根岸凡さん、松坂珈琲さん、寺石風美さん、そして潮見夏彦さんにはこの場を借りて篤く感謝を申し上げたい。越智柚子子さんと親交のあった西麻布のバー・ドンファンの店長A氏からも、大変貴重な情報を頂いた。この場を借りてお礼申し上げたい。

篠宮さんには相当手を入れて頂いた。なにぶん素人の文章なので、大変読みづらかったとは思うが、ご容赦頂きたい。膨大な時間とお手間をかけてくださった篠宮さんに、この本を出版して頂いた感謝の気持ちと共に、改めて、最大級のお礼を言わせて頂きたい。

今はただ、キリエのうたをひとりでも多くの方々に聴いて欲しい、というのが私の切なる願いだ。路上で見かけたら是非立ち止まって、少しの間、彼女の歌に耳を傾けて欲しい。

最後に……。

今回、著者の名前を本名にしようか、ペンネームにしようか迷ったが、とある方が捨ててしまった名前を思い出し、それを勝手ながらお借りすることにした。その名を捨てたイッコさんが、今も何処かで元気でいてくれることを心の底から祈りながら。

いつか会えるその日まで。

二〇二四・春　　広澤真緒里

この作品は文春文庫のために書き下ろされたものです。

JASRAC　出2303930－301

文春文庫

定価はカバーに
表示してあります

キリエのうた

2023年7月10日　第1刷

著　者　岩《いわ》井《い》俊《しゆん》二《じ》
発行者　大沼貴之
発行所　株式会社　文藝春秋

東京都千代田区紀尾井町 3-23　〒102-8008
TEL　03・3265・1211㈹
文藝春秋ホームページ　http://www.bunshun.co.jp

落丁、乱丁本は、お手数ですが小社製作部宛お送り下さい。送料小社負担でお取替致します。

印刷・凸版印刷　製本・加藤製本　Printed in Japan
ISBN978-4-16-792061-6